として私の新作をお届けすることができ、嬉しい気持ちでいっぱいです！　書き手の私自身、この物語をとても楽しみ、ヒーローのクリストスとヒロインのラーナが、はじめは取り引きだったものがもっと意味のある重要なものになっていくにつれ、二人の関係に思いもしなかった新たな深みを発見する姿に感動しました！　人生というものは得てして、小さなことや大して重要でないようなことが突如として大きな部分を占めるようになり、私たちをいろいろなかたちで驚かせます。クリストスにとっても、ラーナにとっても、恋におちるなんて、もちろん想定外の出来事でした。

私はいつも喜んでハーレクインを執筆していますが、胸がわくわくするような場所で繰り広げられるエモーショナルな物語を書くのが好きです。本作の舞台は、世界で最もエキサイティングな場所の一つであり、私がかつて住んでいたニューヨーク。クリストスとラーナのロマンティックな旅を、愛着のある土地と結びつけるのは本当に楽しかったので、ぜひ皆さまにも二人と一緒にニューヨークを旅していただきたいと思っています！

読者の皆さまには心から感謝しています。皆さまの存在こそ、まさに私が物語を書く理由であり、私の物語が皆さまの心に響くことができましたら光栄です。このロマンスがあなたの琴線に触れ、クリストスとラーナの火花散るような熱い恋を眺めてほほえんでくださることを願っています。

どうぞお楽しみください！

ケイト・ヒューイット

PREGNANCY CLAUSE IN THEIR PAPER MARRIAGE

by Kate Hewitt

Published by Harlequin Japan,
a Division of K.K. HarperCollins Japan, 2024

ギリシア富豪と契約妻の約束

ケイト・ヒューイット 作

堺谷ますみ 訳

ハーレクイン・イマージュ

東京・ロンドン・トロント・パリ・ニューヨーク・アムステルダム
ハンブルク・ストックホルム・ミラノ・シドニー・マドリッド・ワルシャワ
ブダペスト・リオデジャネイロ・ルクセンブルク・フリブール・ムンバイ

主要登場人物

ラーナ・スミス……………………広報コンサルタント。
ミシェル……………………………ラーナのアシスタント。
アンソニー・グリーヴズ…………ラーナの元恋人。
ジャック・フィリップス…………ラーナの顧客。
クリストス・ディアコス…………ハイテク投資家。
ニコ・ディアコス…………………クリストスの父親。
マリーナ・ディアコス……………クリストスの母親。故人。
クリスティーナ・ディアコス……クリストスの一番上の妹。
ソフィア・ディアコス……………クリストスの二番目の妹。
タリア・ディアコス………………クリストスの末の妹。

1

ラーナ・スミスは決然とした足取りで裕福なパーティ客の間を進んだ。アイスブルーの瞳は、ニューヨーク実業界トップの面々の頭上をかすめ、髪をきちんとなでつけた頭の上をざっと見渡した。社交界の花形が、銀行家や弁護士、起業家と歓談している。ゲストの笑いさざめく声とグラスのぶつかる音をぬって、十七人編成のオーケストラの調べが高く低く流れている。だがラーナの捜す相手は見つからない。普段は、わざわざ彼を捜したりしない。

でも今日は、今すぐ彼が――夫が必要なのだ。

「ラーナ!」アルバートが声をかけてきた。かつてＩＴ業界の神童と呼ばれたアルバートは、年老いて低下した名声を挽回するため、一年前に広報コンサルタントであるラーナの顧客となった。彼は両手を差し伸べてラーナに近づくと、頰に音だけのキスをした。ラーナも同じく音だけのキスを返してから、身を引いて彼にほほ笑みかけた。夫はどこにいるのかしら? 今夜はここへ来るというメールを、先ほどもらったのに。ラーナ自身、このパーティに出席するかどうかはずっと迷っていた。今週はすでに三つのパーティに出ている。とはいえ、夫と二人そろって仲睦まじく、こうした催しに顔を出すことは常に仕事の役に立つ。もっとも、今日ここで夫を捜しているのは仕事のためではないけれど。

「ついさっき君のご主人を見かけたよ」アルバートが言った。

ラーナは心臓が飛び跳ねたが、手にした細長いグラスから炭酸水をひと口飲み、わざと気のない声で応じた。「あら、そう? きっとウイスキーバーで、周囲の注目を集めていたんじゃない？」

アルバートは低く笑った。「なぜわかった？」

「クリストスはいつだって、少人数の聴衆を虜にできるこぢんまりした空間がお気に入りなのよ」彼女は皮肉っぽく答えたが、それが事実かどうか自信はない。三年前に結婚した夫は、いまだに謎めいた存在だ。基本的なこと以外、特に彼を知りたいと思わなかったし、クリストスのほうも妻を知りたがっていないから当然だ。この契約結婚は双方にとって都合がよく、お互いに敬意と好意と仲間意識は適度に抱いている。順調な結婚生活に必要なのはそれだけだ。

少なくとも、今まではそうだった。

「ちょっと夫に挨拶してこようかしら。私たち、ここ二、三週間はろくに顔を合わせる暇もなかったから」ラーナはくるりと目をまわしてみせた。本当はここ二、三年だが、そのことは誰も知らない。

ホテルの大宴会場の出口へ向かう彼女の背に、アルバートが呼びかけた。「また近いうちに会おう。少々磨きをかける必要のある友人がいてね。彼は若くて前途有望だが、洗練されていない。どんな感じか、わかるだろう。君の名前を伝えておいたよ」

「いつでも連絡して」ラーナは振り返ってアルバートに笑みを投げると、ストロベリーブロンドの長いストレートヘアをさっと振って歩き続けた。顔を上げ、大勢のゲストの間を抜けつつ知人にでくわすたび、口元にかすかな笑みを浮かべて会釈する。

もう十年近く、ラーナはこの種の人々とつき合ってきた。ニューヨークの一流広告会社で下級事務員として働き始めたころは、まだ自分に何ができるか模索していた。その後コンサルタントの地位まで昇りつめ、六年前にはせっかく築いたキャリアを投げ捨てて自分の会社を立ちあげた。心に負った傷を忘れるために、そうするしかなかったのだ。とても若く、だまされやすくて、一人の男性のせいでひどく傷ついた当時の記憶が一瞬よみがえった。

でも、あのときアンソニー・グリーヴズに心を砕かれプライドを粉々にされていなかったら、私は自分の会社を立ちあげなかったかもしれない。あるいは、クリストス・ディアコスと結婚しなかったかも。

三年前のクリストスとの結婚は、ラーナの仕事上の成功を確実なものにした。何しろ彼は謎に満ちたハイテク投資家で、ニューヨークで最も有望な結婚相手と思われていたのだから。別に成功するために結婚したわけではないけれど、現実的に考えることも大切だとわかっている。

今夜も現実的に進めなくては。結婚に同意してもらったとき同様、夫に新たな計画を事務的に説明する。それだけの話だ。とはいえ、考えると不安で胃が締めつけられ、不意に鼓動が速くなった。

なぜか自分が望むほど簡単にはいかない気がする。結婚後三年を経てもなお、夫を本当に知っているとは言えないし、今夜の私の計画に彼がどう反応するかわからない。ただ、いつも気楽な態度で、なんでも笑って茶化すクリストスに、実は強固な芯があることは知っている。さもなければ、単にカリスマ的魅力だけを武器にこの町に現れて、次々に企業を買収し、危険すぎる投資を果敢に推し進め、ほんの数年で大富豪になることなどできなかっただろう。まあ、夫が魅力たっぷりなのも確かだけれど。

大宴会場の重厚な両開き扉の前で足を止めて、ラーナは落ち着こうと息を吸った。肩に流れ落ちる髪をもう一度さっと振り、姿勢を正す。水色のサテン地のシンプルなシースドレスがアイスブルーの瞳に映えて、彼女は美しい氷像のように見える。それこそが、二十三歳で心を砕かれたときにラーナが目指した新たな自己像だ。洗練され、少しよそよそしいが、毅然(きぜん)としつつも親しみやすい大人の女性。広報コンサルタントにふさわしい、愛想はいいけれど常にプロに徹した自己像を、ラーナは長年かけて作りあげた。それに、人と打ち解けない態度が性に合っている。不穏な子供時代を過ごし、人生唯一の恋愛が大惨事に終わったあとは、過酷な世界で身を守るために人と距離を保つ必要を感じていたからだ。

ところが時折、念入りに作りあげた自己像の下の何かを夫に見透かされているのではないか、という疑念にとらわれる。もっとも、仮面の下に何があるかは自分でもわからない。隠した秘密は誰にも見せたことがないし、今後も自分にさえ見せるつもりはない。そもそも自分の中の孤独な少女や傷心の若い女性は、とっくの昔に捨て去ってしまった。

ラーナは挑むように顎を上げて、ホテルのウイスキーバーへ向かった。そこは丁寧に整えられた男性たちの隠れ家だ。大型の革張りの安楽椅子が配され、マホガニー材のカウンターがあり、その奥の棚にはさまざまなブランドのウイスキーがずらりと並び、ボトルの中で琥珀色の液体がきらめいている。

クリストスの姿はすぐに目についた。ラーナの視線は無意識に夫に惹きつけられて、五、六人の男性の中から難なく彼を見つけた。ウイスキーのタンブラーを手に、安楽椅子にゆったり座っている。百八十センチをゆうに超す長身のため、どこにいても、少し伸びすぎて乱れた黒髪の頭一つ分、まわりより高い。金色を帯びたグリーンの目はたいてい眠そうだ。だが実は、何もかもをじっくり観察しているのだ。たぶん今夜もこの〝親睦目的の会合〟の場で、仕事の秘訣をいくつかつかむだろう。あるいは、新たなコネを作るかもしれない。その点でも、ラーナは夫を高く買っている。そんな彼だからこそ、まさに私の夫向きの男性だと思ったのだ。

ラーナはバーへ足を踏み入れて、クリストスが自分に気づくのを待った。男性の多くは、ばかげた自尊心からわざと彼女を無視する。アンソニーもそうだった。でもクリストスは違う。そこも、夫を高く買っている点だ。今もラーナがバーに一歩入ったとたん、緑色の瞳がまっすぐ彼女をとらえた。すると思いがけないことに、ラーナの全身にほてりが広がり、心臓が早鐘を打ちだした。

　もうずっと以前に、一見眠そうだが実は強烈な彼の視線を浴びても動揺しないよう自分を鍛えたのに。あの力強く引きしまった体にも、アフターシェーブローションのベルガモットの香りにも、慌てて飛びかかる必要はないとばかりに、のんびり大股で歩くライオンを思わせる姿にも、普段は反応しないのに。二人の結婚は、体の関係はもちろん異性として惹かれ合う気持ちすらない形式的なものだった。そういう契約だし、それには立派な理由があった。

　今回も惹かれ合う気持ちのないまま、彼にこんなことを頼もうとしている。ラーナの胃は、またも不安で締めつけられた。本当に計画を進めたいの？　進める勇気があるの？　ここ三日間、恐ろしい事実を理解し、受け入れ、嘆きつつも、冷静に計画の利点と問題点を秤（はかり）にかけ、感情に流されないよう現実的に考えてきた。ただし心の奥底では、この計画すべてが感情に基づくものだとわかっている。そして、感情に流されて決断を下してはいけないと身をもって学んでいる。

　それなのに、私はここへ来た。

「ラーナ」深みのある楽しげな声でクリストスが言った。世界は楽しい場所だと思っている人の声だ。私とはまるで違う。でも夫のそんな陽気さが好きだ。彼といるとくつろげる。

「クリストス」そう応えて、ラーナはほほ笑んだ。

「妻がお呼びだ。すまないが失礼するよ」なめらかな動作で、クリストスは立ちあがった。大きな体にもかかわらず、彼はいつも優雅に動く。手に持ったウイスキーを飲みほし、感謝の笑みを浮かべてタンブラーをバーテンダーに渡した。店の従業員など目下の者と見て無視する客が多い中で、夫はスタッフへの心配りを忘れない。ラーナは彼のそういうところも好きだった。

ほら、やはり私は正しい決断を下したのよ。

クリストスが歩いてきて、目の前に立った。ベルガモットの香りも、彼の体から発散する熱も感じ取れるくらいすぐ近くに。ラーナの胃はまたも不安と、そして距離の近さを意識した緊張感で締めつけられた。夫の姿にも香りにも声にも反応しないよう、長年気持ちを引きしめてきたのに、いまだに抑えつけた切望が突然こみあげて驚かされることがある。そんな面倒な感情に用はない。ラーナは顔を上げて、笑みをたたえた夫の目を見つめた。

「何か話があるのかな?」クリトリスは一瞬真剣な声になって、心配そうに彼女の顔を見た。

〝ご主人がセクシーで、しかも優しいなんて、どうやってそんな幸運をつかんだの?〟かつて知り合いの女性からそう尋ねられた。もちろん、その女性は私たちの結婚の真実を知らなかった。

「なぜわかったの?」ラーナは夫にきき返した。

クリストスは眉を上げた。「君がパーティで僕を捜すのは、何か頼み事があるときだけだからさ」

あっさり言われて、ラーナはひるみかけたが平静を装った。それは本当のことだし、夫は嫌味(いやみ)で言ったわけではない。人に聞かれないよう、彼女は声を落とした。「だって、そのための結婚ですもの」

「ああ、わかっているとも」茶化すような口調だが、悪意は感じられない。クリストスは二人の契約結婚をいつも平然と受け止めている。三年前、今夜と同様のパーティでラーナがこの結婚を持ちかけたときも、驚くほど動じなかった。ただちょっと眉を上げて、笑顔で提案の詳細を尋ねてきただけだ。

「内密の話があるの」夫はどう反応するだろう。ラーナは急に喉が締めつけられるのを感じた。

「了解。だが、まずは腕を組んで会場をひとまわりしたほうがいいんじゃないか？　ここ数週間、二人一緒に公の場に出ていない。妙な噂を立てられたくないだろう」クリストスはラーナと腕を組み、バーから混雑した大宴会場へと妻を導いた。

「そこまで気を遣わなくてもいいでしょう。もう三年も経つのよ。私たちの結婚は今や周知の事実として受け入れられているはずだわ」

「しかし人はあれこれ憶測したがるものだ」クリストスは背をかがめ、ラーナの耳元でささやいた。

温かな吐息に頬をくすぐられて、ラーナは身を硬くした。全身を走り抜ける甘いうずきは無視しなくては。大切な頼み事がある今は、これまで以上に、体の渇望などという問題で夫との関係をややこしくしたくない。私の頼み事を夫がどう受け止めるか、まったくわからないのだから。


　クリストスの腕の下で、組んだラーナの腕が鉄の棒のように硬く感じられた。妻はよく緊張する。いつもはその緊張をひた隠しにしているが、今夜は彼女の仮面にひびが入り始めたようだ。ほかのパーティ客は、妻の洗練された冷たい仮面の下にあるものには気づかないだろう。ラーナは誰にも、僕にさえも本当の自分を見せまいとしている。そしてたいていの場合、目に映る姿が本物の妻だと僕も納得した。だがたまに、たとえば今のように彼女が必死で何かを抑えようとしているときには、あの鋭い視線とクールな笑みの下に何があるのか、ふと疑問を覚える。

　冷たい仮面の下に、優しく温かな何かがあったらいいのにと期待する、だろうか？　いいや、そんな期待はしない。クリストスはよく考えた上で、きっぱり否定した。三年前、ラーナは自分で結婚の条件を決めたつもりかもしれないが、その条件に同意したのは僕だ。条件が気に入らなければ、僕は結婚に同意などしない。そして、この契約結婚の絶対条件は〝感情をいっさい交えない関係〟であることだ。ラーナにとっても僕にとっても、それが何より重要だった。従って、妻の仕事一筋の態度の下に何が隠れていようと問題ではない。僕はそんなことは気にかけていないのだから。ああ、絶対に気にかけるものか。

四角い大宴会場の三方の壁際を夫婦でそぞろ歩いたところで、クリストスは妻の頼み事を知りたくてたまらなくなった。これ以上ゲストとの歓談で時間を無駄にしたくない。彼は、飲み物を勧めてまわるウエイターのトレイからシャンパンのグラスを二つ取ろうとした。ところがラーナは強くかぶりを振って、自分のグラスを掲げてみせた。

「飲み物なら、もう持っているわ」

クリストスは片方の眉を上げて、飲みかけの炭酸水のグラスをじっと見た。「水かい？」

「頭をはっきりさせておきたいの」

彼は肩をすくめてシャンパングラスを一つだけ取った。明晰な頭脳を保つために、妻はほとんど酒を飲まない。それでも、たまにひと口飲むシャンパンには目がないのに。彼女の頼み事にますます興味がわいてきた。何か特別な緊急事態に違いない。

離婚――実際には結婚契約の解除――をしたいのだろうか？　この契約には、二人のどちらかが望めば解除できるという暗黙の了解がある。たとえば、一方がほかの誰かと恋に落ちた場合などだ。

ラーナは恋に落ちたのか？　そう考えて、クリストスは少々不快感を覚えた。いいや、ありえない。妻のことは、彼女が思っているより、ずっとよくわかっている。たまにしか会わなくても、その種のことがあればラーナは僕に隠しておけないはずだ。とはいえ、二人の関係を変える何かが起きたのは確かだ。それが何か知るために、もう一刻も無駄にするつもりはない。彼は絡めた妻の腕をしっかり押さえ、もう一方の手にシャンパングラスを持って、人込みを肩でかき分けながら進んだ。大宴会場を出て、廊下沿いに並ぶ小会議室の一つへ向かう。会社の会議や私的な会合に貸し出される部屋だ。クリストスが選んだ部屋は、今は空室だが先ほどまで会議に使っていたらしい。片隅の台にホワイトボードが立てかけられ、マーカーで議題が書いてある。ほとんど消されているが、一部が残っていた。

〝……に関する三つの要点〟

ラーナと彼は同時にそれを読み、ふっと笑みを交わした。果てしなく続くこの種の会議は、二人とも山ほど経験ずみだ。クリストスは組んでいた腕をほどき、シャンパンを飲みほしてグラスをサイドテーブルに置いた。それからボードに歩み寄った。

「君の議題にも三つの要点があるのかな？」彼はマーカーを手に取り、答えを書き取るふりをしてボードに向かって身構えた。

「な、なんですって？」

ラーナはあっけにとられ、当惑している。いつもの当意即妙の彼女らしくない。今夜は本当に調子が悪いようだ。「君の提案がなんであれ、それに関する三つの要点をきいたんだよ」

「私が何か提案するつもりだと、どうしてわかったの？」尋ねる声がほんの少し震えている。

クリストスは妻を振り返った。「君は、僕を捜してバーへ乗りこんできた。内密の話があると言った。そして緊張している」彼はうっすらとほほ笑んだ。「僕は、これら三つの要点から君が何か提案する気だと考えた」

ラーナは面白くなさそうに小さな笑い声をもらした。「ご明察ね」

皮肉っぽい褒め言葉に、彼はわざとらしく頭を下げて感謝した。「何もかもを観察しているのでね」

「ええ、それは知ってるわ」ラーナはいったん口をつぐんで彼をまっすぐに見つめた。クリストスは胸の奥で何かがきゅっと縮むような感覚を覚えた。ラーナ・スミスは信じられないほど美しい女性だ。すらりと優雅でありながら力強い長身の肢体。一糸の乱れもなくウエスト近くまで流れ落ちるストロベリーブロンドの完璧なストレートヘア。ギリシアの女神像さながらの高貴な顔には、ブルーダイヤモンドを思わせる淡いブルーの瞳がきらめいている。女神といっても、愛と美の神アフロディーテではなく、知恵と戦いの神アテナだ。くっきりと鋭い顔の輪郭には性格の強さが現れている。一方、その肢体は女性らしい曲線を描き、気品がありつつも豊かでしなやかだ。そしてクリストスは妻の美しさ同様、彼女の集中力と意欲も称賛していた。何しろ六年前に自分の会社をゼロから立ちあげ、今やニューヨークのトップ広告会社の一つにまで成長させたのだ。専門分野はイメージアップ術。実業界の有力者の自己像を改造し、名声を得させる見事な技術だ。

クリストスはマーカーを台に置いて、胸の前で腕を組んだ。「それで、いったい何を提案されたいのでしょうか、ミセス・ディアコス？」

「大したことじゃないの。実際、あなたに大きな影響はないわ」

「僕と共同名義のクレジットカードを作りたい、とかじゃなさそうだね？」

「まさか」ラーナは鼻にしわを寄せた。彼の軽口にプライドを傷つけられたらしい。結婚して三年、妻が彼に金を無心したことは一度もない。

「ただで映画を見るために、僕のネットフリックスのパスワードを知りたいのかな？」

「クリストスったら」ラーナはあきれて天井を仰い

だ。口元に笑みが浮かびかけている。妻を楽しませることができると、彼はいつもうれしくなった。「それも違う？　よかった。僕たちは一緒に住んでいないから、パスワードの共有は規則違反だ」つまらない冗談に妻の笑みが深まり、クリストスは勝ち誇った気分を味わった。「さて、では提案とはなんだい？」今や本当に知りたくてたまらない。ラーナはなぜこんなに緊張しているのだろう？　三年前、別のバーで僕に契約結婚を提案したとき、彼女はこれほど自信なげではなかった。

あのとき、クリストスはバーカウンターのスツールに一人でだらしなく座り、ある女性を苦々しく思い返していた。その女性は、二人の関係を終わりにすると告げたら、激怒して彼の顔に飲み物をぶちまけようとした。だが彼は同じ女性と三回以上デートしないと決めていた。感情が絡んでくるほど長くはつき合わない主義だ。彼女の大げさな振る舞いにうんざりして、すべての女性とのつき合いを永遠に断とうと決意しかけたとき、ラーナに出会った。だから彼女の提案に進んで耳を傾けたのだろう。

ラーナは彼の隣のスツールに座ってウイスキーのライム割りを注文し、いっきに飲みほした。クリストスはすっかり感心して興味をかき立てられた。

〝大変な夜だったのかい？〟そう尋ねると、ラーナは横目で彼を見た。まだ三十歳にもなっていないのに、世慣れた、疲れきったまなざしだった。

〝ええ、大変だったわ。全人類の半数を憎みたくなるくらいにね〟

〝驚いたな。僕も同じだよ。ただし僕が憎むのは残りの半数のほうだけど。何があったんだい？〟

彼女は手を上げてお代わりを注文してから、長い髪をさっと振って表情をこわばらせた。〝いつもどおりよ。男性だというだけで私より賢いと思いこんでいる低俗な男に、仕事で見くだされ、部屋を出る

ときには胸を触られたの。あなたのほうは？〃
クリストスは彼女のために憤慨したが、ラーナは日常茶飯事だとばかりに肩をすくめた。そんな彼女を見て、女性が別れ話に逆上しただけで苛立つ自分を、クリストスは心が狭く高慢だと感じた。
〝今回は、僕も同じとは言えないな。実は、顔に飲み物をかけられそうになっただけなんだ〃
〝かけられずにすんだのなら、よかったじゃない〃
さらりと返されて、彼はラーナが好きになった。彼女のような女性には会ったことがなかった。
さらに何杯か飲んでから、ラーナが双方にとって都合のいい契約結婚という型破りな提案をしてきた。それは極めて合理的な提案に思えた。彼女は求婚者や低俗で不快な男、そして下劣な口説き文句から逃れるために形だけの夫を求めており、クリストスは、自分なら彼の独身主義を変えられると信じて迫ってくる女性を阻止するために妻を求めている。ただしその妻は、彼が好きになれる女性で、しかも彼を愛したり、彼に愛されることを望まない女性でなければならない。無理な要求はせず、彼が望んだときには楽しい話し相手になってくれるラーナとなら、うまくやっていけそうだ。それは理想的だと思ったし、以降今日までこの結婚を後悔したことはない。
だが今夜、妻は何を求めているのだろう？
ラーナが口をつぐんだままなので、彼は促した。
「君の興味深い提案とはいったい何かな？」
「実は……欲しいものがあって……」ラーナはあえぐように息を吸った。まったくいつもの彼女らしくない。それから覚悟を決めたように目と目を合わせ、顎を上げた。ブルーの瞳が固い決意にきらめいている。「あなたの赤ちゃんが欲しいの」

2

さすがと言うべきか、クリストスは顔色一つ変えなかった。ただ深緑色の目でゆっくりと探るように妻を眺めまわしただけだ。ラーナは身をこわばらせて彼の反応を待った。慌ててあれこれ説明したり、あなたに迷惑はかけないと請け合ったりするつもりはない。そうしたいのは山々だけれど。まずは、この突飛な提案を夫がどう受け止めるか見極めなくては。いったん説明を聞けば、彼も突飛だと思わなくなるはずなのだから。

「なるほど、これは興味深い」クリストスがようやく口を開いた。低く物憂げな声でのんびりと続ける。「共同名義のカードやネットフリックスのパスワードなんかより、よっぽど面白い提案だ」

「これは真剣な話なのよ」声が震えて、ラーナは落ち着こうと息を吸った。普段は夫のユーモアのセンスを好ましく思っているが、この話を茶化されるのは耐えられない。

「ああ、そうだろうとも」クリストスは首をかしげて、さらに妻を眺めまわした。その目はもう笑っていない。「実際、これほど真剣な君を初めて見たよ。結婚の提案をしてきたときでさえ、ここまで真剣には見えなかったぞ」

「あのときは、最初は冗談半分だったからよ」二人ともかなり酔っていたし、異性との嫌な体験のあとでむしゃくしゃしていた。私のほうは、低俗な男尊主義者からおなじみの当てこすりを言われ、体を触られて傷ついていた。思春期を迎えて以来ずっと、その種の男たちから身を守ってきた。そして私の防御壁を崩した唯一の男性は……いいえ、今はアンソニーのことを考えるつもりはない。とにかく、あのときは契約結婚が簡単な解決策に思えたのだ。

でもクリストスのほうは……？　バーで出会った翌日、彼は結婚の条件をタイプした書類を持って私のオフィスに現れた。形だけの契約結婚の提案を酒の席の冗談ですまさずに、喜んで受け入れたのだ。その理由が、いまだにわからない。理由を尋ねると彼はただ、面倒な感情が絡む関係を避けたいからだ、と答えた。私もその考えには賛成だった。だからクリストスの動機に疑問を感じつつも、不安を押しのけてすぐさま彼の条件で結婚に同意した。

今も謎は謎のままだ。本当に、ミセス・ディアコスになりたがる厄介な女性たちを追い払うためだけの結婚だったのかしら。万一の離婚に備えて、財産分与や慰謝料を定めた婚前契約書の作成を勧めたのもラーナのほうだった。本来なら、彼女の二十倍の年収がある彼から言い出すべきことなのに。とにかく何が起きても、お金よりはるかに大切な自分の心だけは必ず守ろうとラーナは決意していた。

「それで、この突飛な提案について詳しく説明してくれる気はあるのかい？」相変わらずのんびりと、クリストスが尋ねた。

「もちろんよ」いかにも仕事向きの味気ない部屋を見渡して、もう少しくつろげる場所ならよかったのに、とラーナは思った。具体的な子作りについて詳しく説明するだけでも気が重いのに、こんな殺風景な部屋で立ったままはつらい。

いつもどおり、クリストスはラーナの思いにたちまち気づいた。「この話をするには、もっとくつろげる部屋が必要だな。最上階のスイートルームを取ってある。そこで話そう」彼はポケットから携帯電話を出して、親指でメールを打ち始めた。

「まあ、最上階のスイートを？」ラーナは声がとがるのを隠せなかった。二人の結婚契約には、絶対に露見しないよう慎重に振る舞うなら浮気も自由という条項がある。それは承知しているものの、今この場で現実を知らされるのはやはり不愉快だった。

クリストスは苦笑して彼女を見た。「仕事の会合や大事な顧客用だ。僕の……愛人用ではないよ」

「あなたの愛人のことなんか気にしてないわ」ラーナは言い返した。

「わかってる。さあ、フロントでカードキーを受け取ろう」彼はラーナの腕を取り、足早に歩きだした。

長い指でむき出しの手首をつかまれて、ラーナの脈は跳ねあがった。本当に、最上階の部屋(ペントハウス)へ彼と一緒に行きたいの？　三年間の結婚生活で、体の関係を求められたことは一度もない。それとなく誘われたことすらない。その点は満足しているし感謝もしている。ずっと完璧な紳士だった夫が、あなたの赤ちゃんが欲しいと言われただけで豹変(ひょうへん)するはずはない。そうでしょう？

「今回は最初の話し合いをするだけで、実際の成果を求める行為はしないんだろう？」ロビーへ向かいながら、クリストスがさらりときいた。

ラーナは息が止まりかけた。「そ、そんな――」

「いや、君を安心させたくて確かめただけだ。なんだかぴりぴりしているようだから」

「わ、私は――」

「正直、僕のほうは今夜はそんな気分じゃないんだ。今週はとても忙しかったのでね」彼は白い歯を見せていたずらっぽく笑った。言葉とは裏腹に、グリーンの瞳は楽しげにきらめいている。そのきらめきに誘われて、ラーナの体も生き生きと息づき始めた。

夫にユーモアのセンスがあることは知っていた。でも、こんな危険で刺激的な一面は見たことがなかった。まるでかみそりの刃先でそっとなでられたかのように、神経が末端までざわめき、全身が長い眠りから目覚めるのを感じる。たった今この瞬間、途方もなく魅力的な夫の虜になることだけは避けなければいけないとわかっているのに……。

「それを聞いて安心したわ」ラーナは無理やり言った。彼と同じくらい軽い口調を心がけたつもりだ。

「今夜は私もそんな気分じゃないから」本当は、今夜だけではない。たとえ私の腕に絡みつく力強い腕を、大きな体を、ぬくもりと香りを、痛いほど意識していても、もう二度とそんな気分にはなれない。

クリストスはフロントのスタッフからカードキーを受け取り、二人はペントハウス専用のエレベーターで天空に最も近い部屋へ向かった。

「このホテルのペントハウスに来たのは初めてよ」

直接部屋に通じているドアが開き、ラーナは広い居間へ足を踏み入れた。黒い大理石の床のあちこちに革張りのソファが置かれている。三方の壁には床から天井までの大きな窓があり、光まばゆい高層ビル群の上にマンハッタンの夜空が見える。セントラルパークのあたりだけが闇に沈んでいた。

「ペントハウスなんてどこも同じさ。売りは、この眺望だけだ」クリストスが無造作に応じた。

「でも大した眺望だわ」ラーナは窓辺へと進み、きらびやかな町の夜景を顎で示した。

「ああ、確かに」夫の声がすぐ後ろから聞こえた。温かな息をうなじに感じ、ラーナはかすかにたじろいだ。それから振り返ると、胸に片手を当てて落ち着かなげに笑った。「びっくりさせないでよ」

クリストスは彼女をまじまじと見た。両手をズボンのポケットに突っこんで体を前後に揺らしている。

「君だって僕をびっくりさせた。よりによって僕の赤ん坊が欲しいとは、いったいどういう意味だ?」

ラーナは身をすくめそうになった。〝あなたの赤ちゃんが欲しいの〟だなんて、タブロイド紙の見出さながらの言い方をしてしまった。でも、あれが本心だ。そして夫は、例によって単刀直入に尋ねてきた。どう答えればいいの？　二人はいつも互いに正直でいようと約束している。この結婚がうまくいくには、そうするしかないから。今回も決して嘘はつきたくないが、説明は慎重にしなくては。話し方しだいでは取り返しのつかないことになる。

「子供が欲しいの。私自身の子が」彼女はあけすけに答えた。

　クリストスの目に何かがひらめいた。「そしてその子は、おそらく僕自身の子でもある」

「理屈ではそうなるわね。結婚している以上は」ラーナは彼の横をすり抜け、窓辺を離れてソファへ向かった。急に汗ばんだ手のひらをオートクチュールドレスのサテン地で拭きたくてたまらない。でもなんとかこらえた。この件については前もってよく考えたのに、いざ口に出してみると名案なのか自信がなくなった。とにかく例のニュースを聞かされて、何かせずにいられなかったのだ。とはいえ、慌てて無思慮な行動に走ってしまったのでは？

「だが子供を持たないことも、僕たちの結婚の条件だったはずだ」クリストスはジャケットを脱いで手近な椅子にかけ、三脚あるソファの一つを選んでその中央にどっかり座った。両腕を背もたれに伸ばすと、胸の筋肉が盛りあがってシャツの生地がぴんと張った。まさに〝くつろぐ強者〟そのものだ。

　ラーナは靴を脱ぎ、向かい合うソファの端に足を上げて横座りした。デザイナーブランドのピンヒールから解放されて、思わず安堵のため息がもれた。

「なぜそんな靴をはくんだ？」クリストスは首をかしげ、片方の眉をつりあげてピンヒールを見た。

「私の戦闘服の一部ですもの」

「君にとっては強く見せることがすべてなんだな」

　夫に苦笑いされて、ラーナはうなずいた。そのとおりだ。二度と利用されたり傷つけられたりしないよう、強い印象を与え、自分に自信を持ちたい。

「それで、今回の子作りは君のビジネス戦略のどこに収まるんだい？　僕の記憶によれば、君は仕事に専念したいから子供はいらないと言ったはずだ」

「キャリア志向は変わらないわ。でも幸い、信頼できる部下に仕事を任せられるようになったの。だから子供ができたら、まず三カ月間の産休を取って、その後九カ月間は非常勤として働くつもりよ。そのあとは、子供と私自身にとって何がベストか見極めないとね」子供を完全に子守り任せにするつもりはないが、子供のためにキャリアを完全に犠牲にする気もない。そこはうまく調整したい。

「なるほど」クリストスはゆっくりと言って、何か考えこむような目で彼女を見た。「そもそも、なぜ急に気が変わって子供が欲しくなったんだい？」

ラーナは言葉に詰まった。正直に答えたいけれど、弱みは見せたくない。身体面でも感情面でも弱いところを見せるのは絶対に嫌だ。

「ラーナ？」クリストスが優しく促した。

「先日、医師の診察を受けたの」彼女は渋々打ち明けた。「そして早期閉経の初期段階とわかった」

「閉経だって？」クリストスはショックを受けたらしい。普段の眠そうな様子は一瞬で消えた。「だが君は、まだ三十二歳じゃないか」

ラーナはわざと肩をすくめた。「女性の一パーセントは四十歳になる前に閉経するそうよ。私はその不運な一パーセントの一人らしいわ」

「気の毒に」彼は前かがみになり、悲しげに目を伏せて低い声で言った。心のこもった口調だった。

「ありがとう」ラーナはしゃくりあげるように息を吸った。確かに、子供はいらないと言った。でもそれは、身近にいい見本のいなかった自分がいい母親になれるとは思えなかったからだ。けれども、キャリアを優先したいからだと言うほうが、惨めな子供時代に触れずにすんで楽だった。シングルマザーだった母はいつも恨めしげで苛立（いらだ）っていて、夫に捨てられたのはあんたのせいだと娘をなじった。そんな母に育てられた子供時代、ラーナは心と体を痛めつけられないよう身構えることを学んだ。十七歳で家を出て、苦労して大学を卒業し、数名でシェアする劣悪なアパートを転々としながら懸命に働いた。あのころは、いつか自分の実力を世に示したいと、そして誰かに愛されたいと必死だった。

　幸い、そんな必死な日々は過ぎたが、今は、本気で子供が欲しいのだと夫を説得しなければならない。

「子供が欲しいと思っていなかったのは本当よ。でも一方で、まだ時間があるから決めるのはもっと先でいい、とも思っていたの。ところがこの診断を下されて、もう時間がないとわかった」

「では、今回の子作り計画の要点は時間というわけか」クリストスは静かな声で言うと、腕を組んでソファにもたれた。

「ええ……まあ」ラーナは不安を覚えて、まつげの下からそっと夫を見あげた。彼はこの話を淡々と受け流しているように見えるが、本当はどう感じているのだろう。もっと具体的に説明したほうがよさそうだ。「でも知っておいてほしいの。この計画は、あなたの生活になんの影響も及ぼさないわ」

　クリストスはそれまでも落ち着き払っていたが、さらに落ち着いた声できいた。「普通、子供を持てば親の生活は影響を受けるものじゃないのか？」

「普通はね。でも……あなたは関わる必要がないから」夫は表情一つ変えない。彼を安心させるためにラーナは慌ててさらに詳しく説明した。「結婚の契約条項もいっさい変える必要はないのよ。体外受精（IVF）で妊娠するつもりだし、子育てにもあなたはいっさい関わらなくていい。父親であることを子供に知られたくないなら、それでもいい。あなたのプライバシーを百パーセント尊重するわ」

ラーナはごくりとつばをのみこんだ。何か言ってほしい。何か反応を示してほしい。彼は無表情で身じろぎ一つしない。こういう説明を聞きたかったんじゃないの？　出ていった父は娘に関わりたがらなかった。アンソニーも同じだ。彼との間に子供はできなかったが、もしできても、その子に関心はないとはっきり言われた。クリストスがアンソニーと違うことはわかっている。でもクリストスは結婚時に、子供は作らないという契約条項に同意した。むしろその条項に安堵した様子だった。だから当然、私の説明を聞いて喜んだはずでは？

「クリストス、どう思う？」彼女は不安げに尋ねた。

どう思うかって？　生まれてこのかた、これほどばかげた無礼な話は聞いたことがない。

クリストスは組んでいた腕をまたソファの背もたれに伸ばして、くつろいだ雰囲気を保った。自分がどれほど傷つき怒っているか、まだ見せたくはない。

ラーナは長い髪を耳にかけ、何度もつばをのみこんでいる。明らかに不安そうだ。いつもの彼女らしくない。今の発言で、どれほどひどく僕を侮辱したか気づくべきだ。なんと自分の夫に向かって、匿名の精子提供者になってくれと頼んだのだ。そして生まれた子供は自分一人で育てるから助けは不要とまで言った。この僕が、彼女にとって都合のいい種馬になりさがることを承知するとでも思ったのか？

「いくつかの点について、もう少し詳しく説明してくれるかい？」彼は穏やかに尋ねた。ラーナはほっとした様子だ。さらに詳しく説明すれば、僕が同意すると考えているのだろうか。

「もちろんよ」ラーナは笑顔を作ろうとした。彼女の不安はある程度理解できる。まだ三十二歳の若さで早期閉経と診断されれば、子供を持つつもりはないと公言していた女性でも衝撃を受けるだろう。クリストスは自分の母親や三人の妹のことを考えた。彼は陽気な大家族を愛していた。家族から引きはがされ、家を出るしかなくなるまでは。家族との別離は自分で選んだ道ではない。だが自分がしたこと、あるいはしなかったことを考えれば、家にとどまるわけにいかなかった。あのときの失敗を長年引きずり続けているため、子供が欲しいとは思えなかった。子供は小さくてもろい存在だ。僕のせいで、またその繊細な心を壊してしまうかもしれない。

ところが……〝あなたの赤ちゃんが欲しいの〟とラーナに言われた。そして僕の心の中で、不意に劇的な変化が起きた。今までは〝子供は作らない〟という契約条項に不満はなかった。もともと自分はいい父親になれないと信じこんでいたからだ。しかし僕の子供が欲しいとラーナに言われて、僕の中の何かが崩れた。というか、たぶん爆発が起きて砕け散ったのだ。とたんに僕はこれを――子供を、家族を求めていたのだと直感した。これぞ二度目のチャンス、再出発の機会だ。かつて自分の家族との間で多くの過ちを犯したが、今は当時より賢くなった。今回はちゃんと対処できる。かつて母や妹を失望させたが、僕自身の子供は失望させない。ラーナと恋に落ちるなんて危険は冒さない。

これは完璧な計画だ。きっとうまくいく。

「〝いくつかの点〟て、具体的に何を知りたいのかしら？」ラーナがおずおずときいた。

「実は、すべての点についてもっと知りたいんだ」クリストスは相変わらずのんびりと答えた。ただし軽い口調を保つのは、さらに難しくなっていた。一方では、妻の肩をつかんで、これほど腹立たしい提案をするとはいったいどういうつもりだ、と詰問したくてたまらないのだから。彼女は僕を侮辱していることに気づかないのか？「まず、この計画がうまくいくと考える理由は？」

ラーナはまたほっとした様子で姿勢を正した。

「だって、とてもシンプルな計画ですもの」

たぶん顧客を説得するときもこんな口調なのだろう。顧客の色あせたイメージを磨きあげ、輝く新たな自己像を創造し、会社を『フォーチュン』誌のリストに載る一流企業に変えるシンプルな計画。

「今、私たちがやろうとしているのは……」

やめてくれ。今この場で夫相手にセールストークはしてほしくない。それでも彼は丁寧に促した。

「やろうとしているのは？」

「ええっと……ごめんなさい」ラーナはかぶりを振って少し笑い、髪を耳にかけた。「これほどあっさり同意してもらえると思ってなかったから――」

「まだ同意してはいない。詳細を尋ねただけだ」

白い磁器のような頬がかすかに赤らんだ。「そ、そうよね。もう言ったけど、ＩＶＦにしたいの。主治医の話では、閉経の兆候を早期発見できたので、三カ月以内なら妊娠できる可能性が高いらしいわ」

「三カ月か」残り時間はあまりないようだ。

「それで、ＩＶＦが確実だと思って」

「なるほど」彼は少し間を置いて続けた。「だが昔ながらのやり方のほうが可能性が高いんじゃないか？」

「ええ、まあ、理論上は」またしても彼女の頬が、夜明けを思わせるピンク色に染まった。「でもそのやり方は……私たちの契約外だし」

「確かに」彼はさらりと認めた。ラーナは最初に契約結婚を持ちかけてきたとき、体の関係をいっさい含まない結婚だと明言したのだ。

〝セックスは物事を複雑にするから私たちの結婚に必要ないわ〟三年前、彼女は淡々と言った。これほどかたくなになるのは何か嫌な体験をしたせいだろうか、とクリストスは思った。代わりにラーナは、慎重に秘密裏にという条件つきで、彼に浮気を勧めた。クリストスは戸惑ったが特に反論はしなかった。

当時は、彼が与える気のない何かを期待する女性たちとの無意味なつき合いにうんざりしていた。君を愛することも結婚することも四回目のデートに誘うこともないと告げるたび、相手の女性は自分への挑戦と受け取ってますます奮起した。だがラーナは違った。最初は束縛されないことが新鮮で解放感を覚えた。ところが三年経った今は物足りなく感じる。もっと何かが――たぶん子供や家族が欲しいのだ。

「ＩＶＦの場合、僕は君の協力なしに自力で必要なものを提供することになるんだろうね？」

ラーナの頬はさらに赤みを増したが、彼女は決然と顎を上げた。「ええ、ＩＶＦは普通そうよ」

「なるほど」つまりラーナは試験官に入った僕の精子のみが欲しいのだ。その見返りに僕が得るものは？　何一つない。「それで、赤ん坊が生まれたあとはどうなるのかな？」今や苛立ちを抑えるのは難しかったが、彼はなんとか静かな声で尋ねた。「やはり僕は関われないのか？　僕たちの赤ん坊は、自分の父親が誰かを知ることさえないのかい？」

「ええ。知らせたいと、あなたが望まない限りは」

「僕が望んだ場合は？」

ラーナは口ごもり、その顔を困惑がよぎった。夫がそんなことを望むはずがないと決めつけていたのは明らかだ。「ええっと、その場合は……知らせることも……たぶん可能だと思うわ」

たぶん可能だと思う？　なんという侮辱だ！　思わずかっとなったが、クリストスは憤怒を抑えつけた。まだ怒りをあらわにするべきではない。「では、僕が父親として子育てに関わりたいと望んだ場合はどうなるんだい？」

ラーナのあっけにとられた顔を見て、彼は笑いそうになった。そんな展開は頭に浮かびもしなかったらしい。喜んで精子を提供し、その後は喜んで不在の父親になるような男だと、どうして思われたのだろう？　確かに、子供は作らないという契約条項に同意はした。だがそれほどひどい男だと本当に思われていたのか？　曲がりなりにも、いちおう三年間一緒にいながら、僕がどんな人間か、どんな男か、まるで見当もついていなかったのか？

「ええっと……」ラーナは唇をなめてソファの上で身じろぎした。タイトなシースドレスのスリットから金色に日焼けした長い脚がのぞいている。

クリストスはその脚から視線を引きはがして、妻の顔を見つめた。「さあ、答えを聞かせてくれ」

「あなたが子育てに関わりたがるとは思わなかったのよ」彼女は正直に答えた。「結婚すると決めたとき、子供は欲しくないと言ったじゃない。あなたの人生設計に子供は含まれていないと」

僕はそんなあからさまな言い方をしたのか？　たぶんしたのだろう。愛する者を失うつらさを知っているから。仲のいい家族が引き裂かれ、決して癒えない傷跡が永遠に残る。そんな悲劇を経験したから。もう二度と、あの苦しみや喪失感を味わいたくなかったのだ。それ以上に、知らず知らず、あるいは不承不承であっても、自分がその悲劇を引き起こす張本人になることが怖かった。かつて、実際にそうなってしまったから。

少なくとも今日までは、子供も家庭も欲しくなかった。ところが今、自分でも驚いたことに、欲しいと思っている。そしてそれを得るために、喜んでリスクを冒そうとしている。父親の子供への愛とそれに応える子供の愛は、単純で美しいものだ。複雑な悲劇を生むことはないだろう。

「確かに、子供は欲しくないと言った。だが君が心変わりしたように、たぶん僕も心変わりしたんだ」

「あなたも？」ラーナは目を大きく見開いて彼を見た。ブルーが濃くなった瞳に炎が燃えている。

クリストスは無頓着に肩をすくめた。「君の計画が興味深いものであることは認めるよ。そして思った以上に心惹かれている」

「そう感じてくれてうれしいわ。あなたが……もっと関わりたいという件については、おいおい話し合って互いに納得がいくように取り決めましょう」

納得がいく取り決めだって？ 父親の面会日を決めるのか？ 月に一度とか、クリスマスと誕生日だけとか？ 自分の家族と自ら望んで一年以上会っていないことを考えれば、生まれる子供と関わりたいという決意は皮肉で偽善的だ、と彼は思った。それでも気持ちは変わらない。これは二度目のチャンス、再出発の機会だ。どうしても手に入れたい。

「そんな重要な件を運に任せるわけにはいかないな」彼は冷静に切り出した。「一般的に、両親が子供の養育権を争う場合、母親の権利のほうが尊重されがちだからね」もちろん、子供をめぐって法廷闘争を繰り広げる気などまったくないが。自分の子供をそんな目に遭わせるのだけは避けたい。

「養育権を争う？」ラーナは驚きに声を上ずらせ、かぶりを振った。「クリストス、そんなことには絶対にならないわ」

「約束できるかい？ きちんと書面にして？」今度こそ、彼は声がとがるのを隠せなかった。

「クリストス……」ラーナはまたかぶりを振った。夫の怒りに気づき、困惑しているようだ。「いったい何が言いたいの？」

彼は身を乗り出し、気楽そうなポーズをかなぐり捨てて怒りをあらわにすると、不穏な声でささやいた。「僕が言いたいのは、君のばかげた不快な計画に考慮の余地などいっさいないということさ」

3

怒っているクリストスを見るのは初めてだ。夫のぎらつく目や、紅潮した高く鋭い頬骨を呆然と眺めて、ラーナの頭に最初に浮かんだのはそのことだった。いったい何が起きたの？

二人の交わした会話をすべて見直して原因を探らなくては。ラーナは自分が大失態を犯したのを悟った。顧客の新たなイメージを立案し、そのイメージへの世間の反応を正しく予測する広報活動のプロである私が、自分自身の子作り計画のプレゼンに失敗し、しかも夫の反応と意図を読み違えたのだ。

なぜ判断を誤ったのだろう？　クリストスをここまで怒らせるなんて、本当に最悪の判断ミスだ。私は夫の厚意に慣れ、それを当然のことと見なしていた。彼は常に優しくて、よく気がつく、思いやり深い人だったから。二人は互いにある程度の信頼と好意を抱き、私はそんな関係が気に入っていた。

ところが今、クリストスは激怒している。そしてラーナは自分が心の扉を閉ざすのを感じた。かつて母が目をぎらつかせて食ってかかってきたとき、いつもそうしたように。アンソニーに人前で無視され、やめようと思いつつ結局はすがりついて許しを請い、それでも冷たく突き放されたときのように。

もうあんな惨めなまねはしたくない。だが冗談を言って、この場の雰囲気を明るくする気力もない。ラーナはただ夫を見つめた。彼はただ見つめ返してくる。夫の怒りは冷たく固い何かに変わっていた。

「怒らせるつもりはなかったの」やがて彼女は静かに、でもきっぱりと言った。かつてのように引きさがる気はない。母の前で身をすくめたころや、アンソニーにすがりついたころの私とは違う。二度とあんな自分には戻らない。

「ああ、それはわかっている」クリストスはまたソファにもたれて気楽そうなポーズを作った。しかし筋肉はこわばり、抑えつけたエネルギーで全身がぴりぴりしている。「そんな計画を僕が怒らずに受け入れると、なぜ思ったんだ？ 確かに子供はいなくてもいいと言ったが、自分が育てるわけでもない子供のために精子を提供したがると思うか？ 純粋に利己的な観点からきくが、その計画は僕にとってどんなメリットがあるんだ？」

遅まきながら自分の間違いに気づいて、ラーナは認めた。「一つもないわ」なぜその観点から考えなかったのだろう？ 夫が取引からなんらかの利益を得たがるのは当然だ。「とはいっても、そもそもあなたがこの結婚から何を得ているのか、よくわからないんだけど。しつこい女性たちを追い払うためだけなら、大したメリットじゃないと思うの」

クリストスは急に警戒するような表情になって目を伏せた。「僕にとっては、それがこの結婚に同意するくらい大きなメリットだったということだよ。だが今回の計画は……そもそも僕が子供を欲しくなければ、自分の妻におとなしく精子を提供するはずがないだろう。もし子供が欲しければ、子育てにも関わりたがるはずだ。そう思わないか？」

そう言われてみれば、わかりきった理屈だ。惨めな気分になって、ラーナは唇を噛んだ。恐怖と必要に駆られ、愚かにも理屈より感情を優先させてしまった。普段なら明快な理論に従い、冷静に判断するのに。〝常に心より頭に従え〟が私のモットーなのに。時間が尽きつつあると医師に言われ、これが家族を得る最後のチャンスだと気づいたせいだ。自分の赤ちゃんを産み、慈しみ、育てたい。あえて抑えてきたその気持ちが、今は何よりも大切だった。

「それに、なぜ僕なんだ？ ただ精子が欲しいだけなら、精子バンクでも利用すればいいだろう？」

それもまた、もっともな理屈だ。どう答えればいいかしら？ これまでどおり正直に真実を告げるべきだ、とラーナは思った。「あなたを信頼しているからよ。それに……あなたが好きだし、あなたは優秀な遺伝子の持ち主でもある」

「それが、君の子作りに欠かせない三つの要点か」クリストスが茶々を入れた。

ラーナは低く笑った。彼ならきっと冗談の一つも言うだろうと思った。そんな夫が好きでもあった。

「要点その四。あなたにはユーモアのセンスがある」

彼女はくるりと目をまわした。「本当はもっとよく考えるべきだったけど、実のところ、医師から……例の診断を下されて、この解決策に飛びついてしまったの。だって理想的に思えたから。あなたの気分を害するつもりはなかった。あなたは子育てに関わる気はないと心底信じていたのよ」

夫の顔を何かがよぎり、ラーナは今の言葉でまた彼を傷つけてしまったと気づいた。彼のことを、我が子との関わりを拒否するほどひどい人間だと信じていたなんて。でも母によれば、私の父はそういう人間だった。だからクリストスも同じだと、ろくに考えもせずに思いこんだのだ。

「あなたがそんな人じゃないのは明らかなのに。本当にごめんなさい」彼女は静かに謝った。

「わかった。許すよ」クリストスはそっけなくうなずいた。だが、顎はこわばったままだ。

結局、私はすべてを台なしにしながら目的を達することすらできなかったようだ。ラーナは思わずため息をついたが、無理やり気を取り直した。いつもの私らしく現実的に考えなくては。まだ解決策はあるはずよ。「だけど、もし私が実際に精子バンクを利用したら、あなたはどう感じるかしら？ きっと世間は生まれた子供をあなたの子と見なすわよ」

「世間がそう見なすのは、君がそう認めたときだ。ところが君には、僕の関与を認める気はない」

「問題は、私がどうしたいかでは――」

「いいや、それが問題なのさ」クリストスはうんざりした口調で言った。「この三年間で君のことはよくわかった。いつも主導権を握りたがるよな」

「誰だってそうでしょう？」彼の口ぶりでは、まるでそれが悪いことみたいだけど、誰だって自分の人生は自分の思いどおりにしたいはずだ。しかも私は他人に主導権を握られる惨めさを知っている。もっと自由に、自主的に動ける今を喜んで当然だ。

「普通、赤ん坊にとって大切なのは、両親がいることだ。主導権を握りたい二人の人間が、妥協し合い、協力し合って赤ん坊を育てるんだよ」

ラーナはつかの間、自分の両親のことを考えた。永遠に消えない恨みが刻まれた母の顔。生後半年の娘を捨てて出ていき、それきり連絡を絶った父。

「普通はね」彼女は小声で返した。

クリストスはラーナがシングルマザーに育てられたことを知っている。結婚の詳細を決めたとき略歴を伝え合ったのだ。彼からは、十八歳のときに母親を亡くしたとだけ聞いた。どちらもそれ以上尋ねなかった。互いを知らないほうがこの結婚には合っている。もっと彼を知りたいとたまに思ったけれども。

「ああ、確かに例外もある。だが子供にとっては、愛情深い両親に育てられるほうがいいだろう」

「ええ、もしそれが可能ならば」ラーナはためらいがちに答えた。クリストスは一瞬真顔になり、それから意味ありげな笑みを浮かべた。彼の考えが読めればいいのに。結婚後三年経って（た）も、夫のことはよくわからない。一方、彼は私を理解しているように見える。そこが二人の違いだ。

「つまり、もし可能ならば、愛情深い両親に育てられるのが子供にとって理想的だと言えるかな？」期待に満ちた顔で、彼は眉を上げた。

ラーナは苛立って肩をすくめた。言いたいことがあるなら、じらさず単刀直入に言ってほしい。「ええ、それこそ理想的。まさに幸せな家族の見本でしょうね。だから何？　それがどうしたの？」

「だったら、なぜ君は精子バンクだの体外受精だのと、無駄な手続きの話をしているんだい？　理想を実現するもっと簡単な手段が目の前にあるのに」

ラーナは夫を見て、一度、二度とまばたきを繰り返した。彼はいったい何を言いたいの？

「僕だよ」

その楽しげな声を聞いて、彼女は何かがあるべきところへ納まるのを感じた。これでこそ、私の知っている、信頼している、大好きなクリストスだわ。

「あなただったのね」ラーナも眉を上げて小さく笑った。面白くて、皮肉っぽくて、優しくて怖くない、いつもの夫が戻ってきたのがうれしい。胸の中で喜びが勢いよくはじけた。ただし、彼が何をほのめかしているのか完全に理解したわけではなかった。

「そう、僕だ。そして君。両親がそろって、子供を、家族を作るのさ。昔ながらのやり方でね」

そんな考えは彼女の頭をちらりとかすめもしなかったのだ、とクリストスはすぐに悟った。ラーナはあまりのショックに呆然と目を見開き、口をうっすらと開けて、ただ彼を見つめている。

「冗談でしょう」ラーナはやっと小声でささやいた。

妻をよく理解していなかったら、また腹を立てていただろう。だが彼女は僕に惹かれていないわけではない。むしろ彼女の渇望を痛いほど感じてきた。二人とも、それには決して触れないが。ラーナ自身、自分の渇望をいまだに認めていないのかもしれない。しかし妻が僕に惹かれていることは間違いない。

一方、僕のほうは昔ながらのやり方になんの問題もない。最初に〝体の関係はなし〟という結婚条項に同意したときでさえ、ラーナに惹かれていた。いつか妻の気が変わるのでは、と期待していた。そしていつも彼女の言うままに従い、辛抱強く待っていた。だが、こうなっても待てるだろうか？

「僕は百パーセント本気だよ。僕たちは夫婦で、君は子供が欲しい。僕も、自分でも少々驚いたが、子供が欲しくなった。だったら、人類の太古からの営みどおりにして何が悪い？」

「だってそれは……」ラーナは怒りつつも、どこか楽しそうに目をきらめかせた。「私の提案したやり方より、はるかに厄介なんですもの」

「そうかな？　君のやり方だと、パパはどこにいるのかと僕たちの子供にきかれたとき、厄介なことになるんじゃないのか？」

彼女はまた頰を赤らめてうつむいた。ストロベリーブロンドの髪がひと房、その頰にこぼれた。「確かに私は、引き起こされるすべての結果について前もって考えていなかったかもしれない。でも……あなたのやり方は……とても厄介に感じられるの」

「だが僕のやり方のほうがましなのは確かだよ。IVFは、ホルモン注射とか、感情の起伏が激しくなるとか、面倒な問題が多いのに確実性は低い」

ラーナの頰はますます赤くなり、目は膝を凝視したままだ。この三年間、クリストスは〝セ〟で始まる例の言葉を妻の前で言ったことがない。初めて結婚について話し合ったときから、その言葉は禁句だった。彼女が契約結婚を望んだ理由は、女性の弱みにつけこむ低俗で不快な男どもから逃れるためだったから、自分はそんな連中とは違うことを示す必要があったのだ。

だからこの三年間、妻の美しい顔より下には目を向けないよう気をつけてきた。下劣な言葉はひとことも口にせず、人前で夫婦らしく腕を取ったり肩に手をまわしたりする以外は、いっさい彼女に触れなかった。キスさえしたことがない。それでも僕が彼女に惹かれるように、ラーナも間違いなく僕に惹かれている。月の引力で海の波がうねるように、二人の間の空気がうねり、火花が散るのを感じる。そして僕は、その火花が燃えあがって炎となる日を楽しみに待っているのだ。

「さしあたりは、そっちのほうが面倒が少ないかもしれないけど、長い目で見れば……どうかしら」

彼女の言う〝そっち〟が何を指すのか気づくまで少しかかった。そう、セックス――厳密には僕たちが行うそれだ。「何がそんなに不安なんだい?」

ラーナはようやく目を上げた。「私たちの結婚で何より肝心なのは、面倒を避けることだった。だから感情とか体の欲望とか厄介な要素は排除して、契約結婚という純粋な取引にしたのよ」

「僕たちの結婚は本当にただの取引だったのかい? この三年間、二人は友達じゃなかったのか?」友達だとクリストスは思いたかった。互いに仲間意識を抱いていたし、ラーナと一緒にいるのは楽しかった。彼女も同様に感じていたはずだ。面白い話をして互いを笑わせた。それは僕にとって結婚の、家族の強固な基盤だ。そして今、僕は家族が欲しいのだ。

ラーナは驚いたようだが、やがてほほ笑んだ。表情が和らぎ、全身から偽りのない温かさがあふれてくる。そんな妻を見ると、クリストスはいつも胸が熱くなった。熱くなるのは胸だけではないが。

「ええ、クリストス。私たちは友達よ」

「それなら、友達のままでいられるさ」彼はさも簡単そうに言った。実際、簡単なはずだろう? 二人の契約結婚にはそれなりのメリットがあった。子供ができれば、さらにメリットが増す。簡単な話だ。

「この契約結婚に妊娠条項をつけ加えればいい」

「一種の企業合併ね」彼女は呆然と笑った。

「そのとおり」血がたぎり、妄想がふくらんだが、彼は下品な笑みを抑えつけて、ただ自信ありげににっこりしてみせた。

「クリストス……」ラーナはまた頬を染め、かぶりを振って身じろぎした。彼が見たかったとおりの反応だ。「ええ、私たちは友達よ。でも前にも言ったけど、体の関係は物事を複雑にするわ。その考えは今も変わらない。感情が絡んで心が傷つくの」

「ああ、ある種の期待を抱いた場合はね」妻はいつ、そんな経験をしたのだろう。彼女の過去の恋愛について は何も知らない。だが僕自身の経験は悲惨なものだった。「でも僕たちは大丈夫だ。二人とも自分が何を求めて何は求めないか、はっきりわかっている。それに正直、僕に関して言えば、体の関係を持つことに不都合な点はない。いつもうまくいくよ」

「そうでしょうとも。何しろホテル最上階のスイートルームをいつも確保してあるんですものね」

彼女は何もわかっていない。いつか真実を打ち明けるつもりだが、当面は黙っておこう。

ラーナはすばやく息を吸って、気を落ち着けた。「さて、それではこの件に欠かせないあなたの三つの要点を聞かせてもらいましょうか……？」彼女は答えを促すように眉を上げ、唇を引き結んだ。

妻の心もとなげな目を、クリストスは自信たっぷりに見返した。「要点その一。子供は昔ながらのやり方で作る。その二。生まれた子供は夫婦二人で育てる。その三。僕たちは友達のままでいる。愛とか、その他もろもろの面倒な感情は永遠に排除する」

ラーナは唇を開いたが、一瞬言葉が出てこなかった。やがて期待をこめた声でぽつりと尋ねた。「そんなに簡単に事が運ぶかしら？」

「運ぶさ。僕たちがそう望めばね」彼は断言した。本気でそう信じていた。「この三年間、君は僕と恋に落ちたりしなかった。そして僕も君と恋に落ちていない」鉄の意志を持つ、まばゆいほど美しい女性を称賛し尊敬してきたが、愛せるとは思えない。ただ……彼女のうわべの奥に潜む優しく傷つきやすい面になんとなく気づいてもいる。その奥底を探ったことはないし、今後も探るつもりはないが。ラーナ同様、僕も誰かを愛することに興味はない。ただし自分の子供は別だ。子供に対する親の愛は、単純でわかりやすく、正しい気がする。

「だけど三年といっても、今まで私たちは長い時間一緒に過ごしたわけじゃないわ」ラーナが言い返した。確かにそうだ。二人は別々の家に住み、世間に不信感を抱かれぬよう、結婚当初はよく夫婦そろって人前に姿を見せていたが、最近はそれも減った。いずれにしろ、本当の意味で二人一緒に過ごしたり、心の奥を打ち明け合ったりしたことはない。

それでも彼は反論を試みた。「確かにそうだが、もし今後君が僕と恋に落ちる可能性があるというなら、とっくにそうなっていたと思わないか？」

「まあ、そうかもね」彼女はつまらなそうに笑った。

別にラーナが僕と恋に落ちることを望んではいない。むしろその逆だ。だから彼女の言葉で傷ついたりしない。クリストスは自分に言い聞かせた。

「それと、あなたがなぜ急に子供を欲しがりだしたのか理解できないの。以前は全然欲しがっていなかったのに」ラーナが穏やかに指摘した。

彼は肩をすくめた。突然の気持ちの変化を深く掘りさげて説明するのは難しい。「君の話を聞いて、僕も子作りのタイムリミットが近づいていると気づいたのかもしれないな」

「男性にはタイムリミットなんてないでしょう」

「それは性差別的な発言だぞ」クリストスは茶化した。「男にも子供が欲しいという気持ちはある。ずっと欲しくないと思っていたのは、自分が子供の人生を台なしにしそうで怖かったからだ。いまだに怖いけどね」彼は苦笑いした。自分の本心を少し打ち明けすぎて弱みを見せてしまった気がする。これ以上は絶対に打ち明けるもんか。「君が、僕の子供が欲しいと言ったとき、自分も同じ気持ちだと気づいた。君に、僕の子供を宿してほしいんだと」

クリストスはもうその場面を思い浮かべていた。この三年間、夢見ることを自分に禁じてきた色鮮やかな場面を。ラーナがしなやかな体を進んで彼の下に横たえ、金色に日焼けした長い脚を大きく広げる。ストロベリーブロンドの髪を彼が指ですくと、ピンク色の唇が開き、水色の瞳は欲望に陰り……。

妄想が手に負えなくなる前に、クリストスは慌てて思考を断ち切った。下腹部で脈打ち始めた高ぶりを静めようと、ソファの上で座り直す。そもそも子作りの意味は、セックスすることだけではない。僕は本当に新たな家族が欲しいのだ。まさか、また家族が欲しくなるとは思わなかった。かつて自分の家族を悲惨な状況に陥れて以来、家族が欲しいなどと考えることさえ許されないと思ってきた。ところがラーナからあなたの子供が欲しいと言われ、二十年間固く閉ざしてきた心の扉が吹き飛んだのだ。僕自身の子供を得て、夫婦二人で慈しみ育てていきたい。新たな家庭を築き、再出発したい。

ラーナは冷静で現実的な女性だが、きっといい母親になるだろう。何事にも有能で自信にあふれ、愛情深いのだから、そうなるのは間違いない。

もうあれこれ迷うのはうんざりだ。僕はすでにどうしたいかをはっきりと述べた。この合理的で魅力的な提案を、自分も妻も受け入れるべきなのだ。

クリストスはやんわりと挑むように眉を上げた。

「さて、ラーナ。どう思う？　僕の案で進めてみるかい？」

4

役員室の床から天井まである窓の前に立ち、ラーナは眼下のロックフェラーセンターの広場を見るともなしに眺めていた。主にこの眺望のために大枚をはたいて手に入れたオフィスだが、ビル群の中央に設けられた有名なこの広場も今は目に入らない。考えられるのも、目に浮かぶのも、クリストス・ディアコス――私の夫のことだけだ。

〝さて、ラーナ。どう思う？〟

〝どう思う〟って、何を？　彼と体の関係を持ち、子供を作り、それでも頭は冷静なまま、心は傷つかずにいられると思うか、をきかれたの？　ゆうべは言葉を濁し、少し考えさせてと答えた。予想どおりの答えだと彼は笑った。くつろいで、自分にも自分のとんでもない提案にも満足しきった様子だった。

とはいえ、毎年何百万組ものカップルが結婚し、親になり、愛はなくても人生をともにしている。私もそうしてもいいのではないかしら？　なぜ誰からも距離を置き、心を閉ざす必要があるの？

自分の人生の主導権を握り、安全に生きるためには、それが唯一の道だと身をもって学んだからよ。でも、もしかすると私は安全を重視しすぎているのかもしれない。だけど主導権のほうは……。

とにかく、彼の提案を受け入れても私の心は安全よ。ラーナは自分に言い聞かせた。クリストスの言ったとおり、もし今後二人が恋に落ちる可能性があるなら、とっくにそうなっていたはずだ。二人とも恋愛には免疫があるのだ。それに実のところ、彼が好きで信頼もしている。思いやりとユーモアのセンスがあり、自分の野心に正直な夫は、一緒にいて楽しい友達だ。だったら結婚生活の特典をもっと楽しんでもいいのでは？　たとえば、赤ちゃんを作る過程とかを。そして厄介な感情の問題など心配しなければいい。そんな問題は起きないのだから。

本当にそれほど簡単だろうか。アンソニーとの経験以降、セックスはいまだに恐ろしく感じられる。最も無防備になる、何よりも愛が必要な営みで、アンソニーに嘲りの言葉を浴びせられた。クリストスとまた同じ屈辱を味わいたいの？　頭では夫はアンソニーと違うとわかっていても、やはり……。

ラーナは震えるため息をついて、高層ビルの四十階から広場を見おろした。彼の提案を受け入れるのは、あそこに置かれたアトラス像の上へ飛びおりるようなものだ。力強い像はゆうべのクリストスを思い出させた。両腕をソファの背もたれに伸ばしてゆったりと座り、自分の魅力に自信満々で、二人の形だけの結婚を私が完全なものにしたがると信じきっていた。それも当然だ。結婚前は、誰よりももてる独身男性だったのだから。

結婚後は、どんな女性とベッドをともにしたのだろう。それは考えないようにしてきた。嫉妬などという感情を抱くつもりはない。でも昔ながらのやり方で子作りをするなら貞節は必須だ。その点も含め、まだ話し合っていないことがたくさんある。

「ラーナ？」アシスタントのミシェルがドア口に現れた。「〈ブルーストーン・テック〉から二番にお電話が入っていますが？」

アルバートが、ゆうべ話していた友人の件でかけてきたのだろう。新規の仕事はいつでも歓迎だが、今は六週間先まで予定が詰まっている。その先は……仕事をすべて断りたくなるかも。そう考えると、胸は期待と不安で満たされた。本当にいい母親になれるのかしら？　なれると信じたいが、反面教師のような自分の母を思えば不安を抑えきれない。「折り返しかけると伝えてくれる？」

ミシェルは不審そうに顔をしかめてうなずき、受付にある自分の席へ戻っていった。

ラーナはまたため息をついてデスクへ戻った。するべきことは山ほどある。パーティの立案。新たな広報キャンペーンの開始。何件も電話をかけメールを送信し……。ところが、どれにも集中できない。クリストスのことしか考えられないのだ。

ダブルのエスプレッソを手にミシェルが戻ってきたとき、ラーナはまだぼんやり宙を見つめていた。

「これが必要かと」ミシェルは通常の倍量のエスプレッソが入ったカップをデスクに置いた。

「ありがとう。どうしてわかったの？」

「今朝はずっと上の空に見えましたから。普段のあなたなら、今ごろは未決箱の書類すべてを二回は読み返しているはずなのに。何があったんです？　話を聞きますよ、私でよければ」

ミシェルのことは、クリストスよりも信頼している。理由は簡単。クリストスは男性だからだ。男性を信じてはいけないと経験上知っている。十一歳で思春期を迎えて以来、男性にじろじろ見られ、あれこれほのめかされ、体を触られかけたことも多々ある。髪がブロンドのせいか胸が大きいせいか定かではないが、外見から、そんな行為を喜ぶ女だと誤解されるらしい。実際は真逆なのに。だからアンソニーに豪華で高価なディナーに誘われて、この人は低俗な男たちとは違うと思ってしまった。最後にはさらに悪い男だとわかったけれども。

とにかく、ミシェルのことは秘密を打ち明けるくらい信頼している。契約結婚の真相も話した。そして〝寂しくないんですか？〟ときかれ、〝全然〟と答えた。あれはミシェルについた唯一の嘘だ。本当は寂しい。でも屈辱を受け、心を打ち砕かれて傷つくよりは、寂しいほうがずっとましだ。

ラーナはエスプレッソをひと口飲み、今回もミシェルに打ち明けた。「実は子供を作ろうと考えていて、クリストスと話し合ったところなの」

「なんですって？」ミシェルはぽかんと口を開けた。

「子供が欲しいんですか？」

「まあ、一人くらいは」ラーナは苦笑した。「産めるタイムリミットが迫っているとわかったからよ」

「でも〈LSコンサルタンツ〉はどうなるんです？　あなたの人生はここにあるのに――」

「心配しないで。会社を投げ出すつもりはないわ。ただ、あなたみたいな信頼できる部下がいれば、仕事を任せて二、三カ月は産休を取れるかと思って」

ミシェルはゆっくりとかぶりを振った。「まさかこんな日が来るとは。お二人の結婚にとって、これはどういう意味を持つんですか？　子作りとなると、もう契約結婚ではない気がしますけど」

「いいえ、まだ契約結婚のままよ。彼も私も子供が欲しいと気づき、それなら結婚相手と作るのが道理だと思っただけ。ほかの点は何も変わらないわ」というか、変わらないと自分に言い聞かせている。

「それはどうでしょう」ミシェルはからかうように眉を上下させた。「何かが変わると思いますよ。従来とは違う子作りの方法を編み出さない限りは」

ラーナはうっすらとほほ笑んだ。体外受精(IVF)案が拒絶されたことを話すつもりはない。一夜明けた今は、私自身あの案にぞっとする。あんな提案をするなんて、いったい何を考えていたのだろう。だからといって、夫の案ならうまくいくのか、いまだに心配だ。

「ええ、変わるかもしれない」ラーナは認めた。「でも変わるのは結婚契約のごく一部だけよ」

「でも重要な一部ですよね」ミシェルがにんまり笑い、ラーナは自分の内に広がるパニックを抑えようとした。確かに重要な一部だ。そしてその部分については、ある理由から、本当に長い間考えたことも経験したこともない。別にその理由を夫に知ってもらいたいわけではないけれど……。

「それで、具体的にどうするおつもりなんです？　一緒に住むお二人の関係はどう変わるんですか？　一緒に住むのか。同居するなら、どちらの家で？　親としての責任はどう分担するのか。つまり、普通の一般的な夫婦になるということですか？」

「いいえ、決してそうはならないわ」ラーナはきっぱり答えた。「まず第一に、私たち夫婦が互いを愛することはないから」

ミシェルは途方に暮れた顔でラーナを見た。「それって、いったいどういう意味です？」

「わかりきってるわ。文字どおりの意味よ。私たちは互いに相手を愛さない。単純な話でしょう？」

「え、ええ。でも結婚して一緒に住み、一緒に子供を育て、ベッドもともにする。そのすべてを無理なく、我慢することなく、失礼な態度もとらずにできるなら、愛し合ってることになりません？　私には、それは愛に思えますけど」

「愛じゃないわ。友情よ。愛というのは、まったく別のものなの」愛は心と体にこっそり忍びこみ、苦痛を与え、ぽっかり穴が開いたようなむなしさを残して去っていくもの。渇望と不安を引き起こし、失望と屈辱を与えるものだ。

私はクリストス・ディアコスに、あるいはほかの誰にも、もう二度と、そんな感情を抱いたりしない。父を愛したがゆえに、母はひねくれて辛辣で怒りっぽくなった。勇気を出して自分の一部を与えた男性が、父同様、振り返りもせずに去っていったとき、私の心は真っ二つに折れた。そして男はみんな同じだと思っていた。クリストスに出会うまでは。

本当に夫を信じることができるだろうか。もちろん心をゆだねるほどは信じられないが、彼の提案を受け入れて子供を作るくらいはできるかしら？

「詳細については、まだこれから夫と詰めるところよ」そう言ったとたん、ラーナは急いでクリストスと話し合わなくてはと気づいた。

クリストスは携帯電話に届いたラーナからのメールを見てすっかり気をよくした。

〝計画の詳細について大至急話し合う必要あり〟

これはいい兆候だ。親指で返信メールを打ちながら、彼は思った。非常にいい兆候だ。

〝いつ、どこで？〟

〝二十分後に〈ザ・メトロ・クラブ〉では？〟

彼女が指定したのは、マンハッタンのエリート実業家の間で洗練された隠れ家として知られる会員制クラブだ。互いのスケジュールを共有し、どの催しに一緒に出席するかなどを事務的に話し合うために、二人は時折ここを利用している。

〝了解。君のエスプレッソを注文しておくよ〟

〝ダブルにしてね〟

〝もちろんさ〟

打ちながら、彼はふっと笑い声をもらした。

きっかり十八分後、クリストスは〈ザ・メトロ・クラブ〉のラウンジにいた。マディソン街を見おろす奥まった窓際のソファ席に座り、薄めのエスプレッソ片手に、もう一方の手で仕事のメールを打つ。

そのとき、まるで稲妻が走ったような衝撃を覚えた。目を上げると、ドア口に妻が立っていた。アイスブルーのシルクのブラウス。ぴったり体に沿うネイビーブルーのスカート。結いあげたシニヨンからこぼれたブロンドの髪が顔のまわりで揺れている。彼を見た妻の目が一瞬大きく見開かれ、送電線に電気が流れたかのように、二人の間に何かが息づいた。

おっと、これは面白い。結婚して三年、二人は混雑したさまざまな場所で遠くから目を見交わしてきたが、こんな衝撃は初めて感じた。これもまた、いい兆候だ。

あちこちに配されたソファやテーブルの間をぬって、ラーナが長い脚でゆっくりこちらへ歩いてくる。すると男たちが振り返って彼女を見た。妻はそれほど美しく、男の目を惹きつけるのだ。僕ですら、彼女から目を離せなくなる。クリストスはかすかな笑みを浮かべ、妻が高価な革のバッグを床に置いて彼と向かい合う肘掛椅子に座るのを眺めていた。

「注文しておいてくれてありがとう」ラーナはエスプレッソのカップを取り、目を伏せてひと口飲んだ。金色の長いまつげが青白い頬をかすめた。

「どういたしまして。それで、話し合いたい詳細というのは何かな?」彼はいつもどおりの優しくおおらかな声できいた。

ラーナはカップを置いて深く息を吸うと、彼を見あげた。視線はまっすぐ揺るがないが、どこか……心もとない。妻には普段どおり、てきぱきと現実的でいてほしい。自分自身を笑い飛ばすユーモアのセンスを持ち、面白く賢く美しくあってほしい。こんなふうに頼りなげではなくて。もろく傷つきやすい相手に対処するのは本当に苦手だから。

「リストを作ってきたわ」ラーナはバッグから携帯電話を取り出した。

よかった。それはいかにも妻らしい。リストなら僕も対処できる。クリストスは小さなため息をもらした。手際よく事務的に進める限り、何も問題はない。僕もうまくやれる。僕が心を閉ざして逃げ出すのは、誰かに必要とされ、頼られたときなのだ。自分がそんな人間でなければいいのにと思うが、母や妹との苦い経験から、それが僕だとわかっている。とはいえ、今回のラーナとの計画からは決して逃げないつもりだ。妻も逃げることを許してくれないだろう。「オーケイ、では読みあげてくれ」

ラーナは携帯電話の画面を何度かスワイプして、表示されたリストに目を凝らした。鼻にしわが寄り、金色のそばかすが現れる。クリストスがいつも愛らしいと思う表情だ。鼻のまわりに散ったそばかすを、妻は普段メイクで隠している。だが真剣に考えこむと、なぜかそれが浮きあがって見えるのだ。

「さあ、いくわよ。まずは――」

「今回も、要点は三つあるのかい？」彼が茶々を入れると、ラーナは目をくるりとまわした。

「子作り計画に関する懸念事項を三点にまとめよ、ということ？」彼女は短く息を吸った。「では、その一。私たちは一緒に住むのかしら？」

「もちろん」クリストスはすかさず答え、その強い思いに自分でも驚いた。「二人で子供を作り、二人で育てるなら、もう別々に住んではいられない。それは子供のためによくない」

「どちらの家に住むの？」

クリストスは肩をすくめた。「どっちでもいいよ」だがソーホーにある自分の独身者向けアパートメントを思い浮かべて気が変わった。天窓の大きいロフトつきの部屋は古風な鋳鉄製建築だ。一方ラーナの自宅は、同じマンハッタンでも緑が多く安全なエリアとされるアッパーウエストサイドにあり、三階建ての堂々とした褐色砂岩建築だ。「いや、君の家のほうが家族向けかな？　子供がうちの鉄製らせん階段をよちよち上ろうとしたら困る」

ラーナはこの考えに満足したらしく、小さくほほ笑んでうなずいた。「もっともな意見だわ」

「その二は？」クリストスは促した。話し合いは思ったより簡単に進みそうだ。そうあってほしい。

「私が妊娠してからも、私たちは……」ラーナはうつむいて少し頬を染め、言いよどんだ。

クリストスはその先を察して、あとを引き取った。

「楽しい夜の営みを続けるのか？」

「ええ、それをききたかったの」

「続けない理由なんかないだろう?」クリストスはのんびりと肩をすくめてみせた。

「いいえ、いくつかあるわ」彼女はつばをのんだ。

「おや、そうかな? たとえば?」

「たとえば、前にも言ったけど、体の関係は物事を複雑にするわ」今やラーナの頬は明らかに紅潮していた。

「その件はゆうべ解決ずみだと思ったが。これまで恋に落ちなかった僕たちなら、今後もその心配はない」

「でも今後、結婚したら――」

「すでに結婚してるじゃないか」

「でも名実ともに結婚するなら――一緒に住み、一緒に子供を育て、ベッドをともにするなら、貞節を守ってもらいたいの」あなたにとっては妻に誠実であることは難しいはず、と決めつける口調だ。

いったいどれほどのつらい体験を経て、こんな男性不審に陥ったのだろう。クリストスはしばらく妻を見つめてから言った。「それなら夫婦円満のためにも、なおさら楽しい営みを続けることが肝心だ。もちろん僕は貞節を守る。君にも守ってほしい」

ラーナの顔を安堵(あんど)と驚きがよぎった。「もちろんよ。私にとっては、それは全然難しくないもの」

妻がセックスに消極的なのは知っているが、心配はしていない。自分は忍耐強い男だし、ラーナの体は、本人の意思はどうあれ、僕に反応する。息をのんだり、頬を染めたりするさまを何度も見てきた。今後はもっと反応を引き出したいと楽しみにしている。クリストスはアメリカーノをひと口飲んだ。

「さて、これで二点解決だ。三点目を聞こうか?」

5

ラーナはためらった。三点目は最も答えを知りたい懸念事項だが、口に出せば自分の心と弱みをさらけ出すことになる。そんな事態には二度と陥りたくない。彼女は夫を待たせたまま、エスプレッソをもうひと口飲んだ。哀れっぽく聞こえないようにするには、どう言えばいいかしら。

「ラーナ？」クリストスが促した。

その優しい声に背中を押され、彼女は尋ねた。

「なぜ私がいい母親になれると思うの？」

夫の顔にたちまち気遣いがあふれるのを見て、いたたまれない気持ちになった。そんな顔はしてほしくない。一方ではもっと自分を理解してほしいと思うものの、哀れみは絶対に受けたくない。私は常に強くありたい。弱気なときでさえ強く見せたい。

ラーナは慌てて言い添えた。「ちょっときいてみただけよ。私との子作りに快く同意したからには、私がいい母親に、少なくとも、そこそこの母親にはなると思っているわけでしょう？」

「ああ、そう思っている」クリストスはいつものように茶化したりせず、静かに答えた。

ラーナは無理やり目を上げたが、少し胸が痛んだ。夫の顔にはまだ気遣いが浮かんでいる。「でも私が母性的かどうかわからないのに、私のそんな面は見たことがないのに、なぜそう思うの？」出会った当初から、子供は欲しくないし興味もないとはっきり言ってある。彼は私が赤ん坊を抱く姿すら見たことがないはずだ。それなのに、なぜ私に母親の資質があると考えたのだろう？

クリストスは彼女をじっと見た。瞳から気遣いが消えて、代わりに何か考えこむような様子がうかがえる。ラーナは夫の視線を受けとめ、次に来る言葉を覚悟して身構えた。

〝確かに、それも一理あるな。やはり君はひどい母親になりそうだ。子作り計画は考え直したほうがいいかもしれない〟きっとそう言われるんだわ。

そのとき、驚いたことにクリストスが彼女の手を取った。夫のほっそりとした長い指が手の甲を滑ると、甘美なおののきが腕を這(は)いのぼり、全身に広がった。そんなとっさの反応をラーナは隠そうとした。今この場で体が彼に反応することだけは避けたい。でも自分の手が大きな手に包まれると、安らぎとときめきを同時に感じた。

「ここで本当に問題にすべきは、なぜ君は自分がいい母親になれないと考えるのか、じゃないか？」

低く深い声が心の奥底まで響き渡り、ラーナは思わずつかまれた手を引き抜こうとした。だがクリストスは長い指に力をこめて、彼女の手を放そうとしない。大きな手のひらのぬくもりが肌にしみこみ、先ほどの甘美なおののきよりもっと危険な何か――単なる欲望ではない、もっと深い感情がこみあげてくる。彼が恋しくてたまらず、受け入れたくなる。そして私は完全に骨抜きにされてしまう……ただ手を握られただけで。

クリストスには私の心を動かす力がある。それは私を困らせるほど大きな、彼自身が気づいている以上に大きな力なのだ。

厄介な問題はひとまず置いて、彼の質問に集中しなくては。ラーナは絡み合った二人の手を見おろし、夫の手のひらのぬくもりを感じまいと努めた。「正直に言うと、いい母親になれる確信が持てないの。でも、もちろん最善を尽くすつもりよ」

「そんなことはきいていない」クリストスの親指が手のひらをそっとなで始めると、ラーナの全身をざわめきが駆け抜けた。なんだか眠たいような、そのくせ妙に目がさえて落ち着かないような気分だ。体の中心から切望がわきあがり、その激しさに圧倒されそうになる。彼は自分が何をしているか気づいているのかしら？　きっと気づいているはずよ。だけど、なぜ今なの？　この三年間、ほとんど私に触れることはなかったのに。

　こうなるとわかっていたから体外受精（IVF）を提案したのに。私はすでにひどく面倒な事態に陥っている。でもクリストスはまったく平気らしい。だから、いっそう不安になる。

「僕がきいたのは、なぜ確信が持てないかだよ」

「もう答えたわ」返す声が震えた。彼の親指を意識して話に集中できない。「私は母性的ではないし、そうなりたいと思ったこともないからよ」

「なぜ？」

　お願い！　これ以上踏みこんだ質問はやめて。ラーナは必死で彼の手から手を引き抜き、きびきびと言った。「前にも話したでしょう。私はシングルマザーに育てられたの。母は……あまり母性的ではなかった」控えめすぎる表現だけど。「だから自分も同じだろうと思ったの」そして自分は母親にならないと決めた。母親に愛されなかった子供は心に深い傷を負い、その傷は決して完全に癒えることはない。そんな過去を身をもって体験したから、子育てという重い責任とリスクを背負いたくなかった。

　ところが今、ただ早期閉経と診断されただけで、進んでその責任を背負いたがっている。これは身勝手なのでは？　本当に自分にできると思っているの？　私は自分の子供の人生をだめにしないと、私の人生を台なしにした母とは違うと言えるの？

　もっとも、もう母を責めてはいないが。五年前、母が重病に倒れたとき、亡くなる前に過去を受け入れて許すしかなかった。あのときは母と和解することが重要だった。そして母もつらい理不尽な人生を送ったのだと気づいた。まだ生後半年の赤ん坊を残して夫が出ていき、一人親として苦難の日々が続き、その後出会った男たちに利用されては捨てられた。そんな母を、もう責める気はない。そんな母に育てられた過去が今日の不完全な私を作った事実を受け入れ、自分の弱点を認め、その弱点に対処しようとしているだけだ。

こんな私が母親になろうなんて、やはりいい考えではなかったのかもしれない。

「ラーナ」クリストスが優しくも厳しい口調で呼びかけた。「落ち着くんだ。過剰反応してるぞ」

彼女はまばたきして夫を見た。「してないわ」

「いいや、している。実際、過呼吸になっているじゃないか」

彼の言うとおりだと気づいて、ラーナはうろたえた。母のことや自分の過去を考えるうちに、知らず知らず呼吸が速くなっていたのだ。リラックスしなくては。彼女はゆっくりと長く息を吐いて、なんとか笑みを浮かべた。「もう大丈夫よ」

クリストスは首をかしげた。「君は、自分が僕たちの赤ん坊を愛せないと思っているのかい？」

そう疑われてはリラックスなどしていられない。ラーナは座ったままぴんと姿勢を正した。「まさか！　もちろん愛そうと思っているわ」

彼はしたり顔でほほ笑んだ。「それなら、君が母性的ではないなんて言えないだろう？」

「そんな単純じゃないわ。自分の子を愛すると口で言うのは簡単よ。本気で愛そうと思ってもいる。だけど実際にできるかしら？　母親の愛がどんなものか知りもしないのに」自分が泣きそうになっていると気づいて、ラーナはぞっとした。

彼は眉をひそめた。「君のお母さんは、そんなにひどい人だったのか？」

母の内には常に怒りと恨みがくすぶっていた。急に怒鳴られたり平手打ちされたりしたことを思い出して、ラーナは慎重に答えた。「まあ、すばらしい親ではなかったわね。母はいつも疲れ果て、私の存在に腹を立てていたの。その怒りをもれなく全部私にぶつけてきた。だから私は、人を愛することに少し用心深くなったんだと思うわ」

夫にここまで正直に話すのは初めてだった。親になることへの不安をわかってもらうために、嫌々話したのだ。私は愛することが怖い。誰かを愛せば、それは弱みになるから。相手に対して無防備になり、傷つきやすくなる。自分の子供に対しては、そんなふうに感じたくない。でも万一……生まれた子供を愛することが怖いと感じたら？

「母親なら、いや、親なら誰でも、いい親になれるかという不安を抱く。だがみんな、思いきって危険を冒して家族を作るんだよ」

「その危険度が特に高い親もいるわ」

「君は自分が危険度の高い親だと思うのかい？」

「わ、わからないけど、不安なのよ。私は……人を愛することが苦手だから」

一瞬、クリストスは口をつぐんだ。「それなのに、僕と恋に落ちるのではと心配していたのか」

とたんに予想外の怒りがこみあげ、ラーナは言い返した。「そんなこと、一度も言ってません！」

「だが体の関係は物事を複雑にすると言ったのは、そういう意味だったんだろう？」

確かにそうだが、ずばりと指摘されると不愉快だ。自分の心をむき出しにされた気がする。ラーナは激しく言いつのった。「絶対に、あなたと恋に落ちたりしないわ」

夫はかすかな笑みを浮かべた。「それはよかった。僕も、君と恋に落ちたりはしないから」そしてテーブル越しに身を乗り出した。「ただし二人とも、自分たちの赤ん坊には愛を注ぐよね？」

クリストスは妻の顔を次々によぎる表情を眺めていた。驚きから不安、そして恐れを経て最後には、幸い、希望を抱いてくれたようだ。

ラーナの懸念自体は察しのついていた内容だった。だが話すときに妻の心のもろさが垣間見えて、彼も多少うろたえた。誰かの弱い面を目にすると、どう対処していいかわからず、心を閉じて逃げ出したくなるのだ。

つかの間、彼は苦痛に耐えて母マリーナ・ディアコスの姿を思い起こした。ベッドから起きあがり、やせこけた両手を息子に差し伸べて〝クリストス、お願いだから〟と懇願する姿を。

それから数年後、今度は妹に懇願された。〝お願いだから帰ってきて。兄さんが必要なの〟と。

そして僕は、二度とも逃げ出した。

クリストスはつらい記憶を押しのけた。僕は家族を失望させた。母や妹が頼ってきたとき、対処できずにはねつけた。そんな自分を決して許せない。でもラーナからは逃げないつもりだ。妻は、母や妹のように僕を頼ったりしないはずだから。

今、ラーナが心配すべきなのは、自分がいい母親になれるかではなく、僕がいい父親になれるかだ。

「もちろん、私たちは赤ちゃんに愛を注ぐと思うわ。何しろ二人とも子供が欲しいんですもの」

妻の答えを聞いて、クリストスは物思いから覚めた。「ほらね。だから何も心配することはないよ」

そうとも。単純な話だ。彼は自分に言い聞かせた。

ラーナは小さなため息をついた。「確かに、私は心配しすぎかもしれない。でも子作りは一大事よ。生まれてくる子の人生を台なしにしたくないの」

「その点では、僕たちの意見は一致しているな」

ラーナは彼をしげしげと見た。「あなたは自分に自信があるみたいね。とても気楽そうだわ」

クリストスは事もなげに肩をすくめてみせた。見かけどおり気楽ならよかったのだが。実際は、昔の記憶や過去の亡霊がしょっちゅうよみがえってきて、愛してくれた人たちをひどく失望させたことを思い出さずにいられなかった。

だがラーナが僕を愛することはない。だから彼女を失望させる心配もない。

子供については、いつもそばにいて守るつもりだ。

「気楽でいようと努めているのさ。失敗することばかり、あれこれ考えても意味がないだろう」

「でも不測の事態に備えることは大切だわ。慎重に考えないと」

「君が慎重なのは間違いないな」ラーナがうっすらとほほ笑み、クリストスは笑みを返した。それだけで温かくてすばらしい何かが胸にあふれるのを感じて、彼は妻の両手を自分の両手で包みこんだ。「ラーナ、僕たちならできるよ。もし失敗したらと心配して身動きが取れなくなるなんて事態は避けよう。僕たちは互いに好意と敬意を抱いている。この先、突然腹を立てることも相手を見捨てることもないだろう。だったら、ただ目標に向かって進めばいいじゃないか」考えすぎるのはよくない。僕の場合、考えれば考えるほど過去を思い出して不安になるから。

「二十四時間前までは、子作りなんてあなたの頭をよぎりもしなかったのに？」ラーナが苦笑した。

「よぎったとも。少なくとも、どうやって作るかについてはね」クリストスは悪い狼のような笑みを浮かべて言い返さずにいられなかった。

両手で包みこんだラーナの手が一瞬こわばり、彼は妻の反応を注意深く見守った。貞節を守ってほしいと言ったときでさえ、具体的なセックスについては触れなかった妻が、二人の手を見おろしたまま口を開いた。「ええ、手順を決めないとね」

「そういう話ならいつでも大歓迎だよ」クリストスが軽い口調で応じると、彼女は目を上げた。

「かかりつけ医によれば、排卵は来週だそうなの」

なるほど。僕が期待した手順ではないが、とにかく話を進めよう。「では、仕事に取りかかるのは来週がベストかな？」

「ホテルを予約するわ。この……作戦は中立地帯で行うべきだと思うの」

「おいおい、僕たちは戦闘を交わすわけじゃない。愛を交わすんだぞ」彼は茶化した。

「私たちの行為をそんなふうに呼ばないで」

妻はむっとした様子だ。愛という言葉がよほど苦手らしい。だがよく考えてみると僕も同じだ。「ただの言葉の綾だよ。君の言い方が、まるで軍事作戦の計画でも立てているみたいだったから」

「そう言われてみれば……そんな気がしてきたわ」

ラーナが軍事作戦のようだと思ったのは、排卵のタイミングを計って日取りを決めるような今回の子作りのことだろうか？ あるいはもっと大きな何か、彼女の人生や過去の根幹に関わる何かか？

そんな大きな問題は僕の手に負えない。

「まあ、軍事作戦も楽しいかもしれないな」彼はまた悪ぶった笑みを浮かべた。ラーナも笑みを返してくれたが、どこか悲しげだ。結局は冗談に逃げた夫に失望したのか、それともほっとしたのだろうか。

「いずれにしろ、その種の作戦に関しては、あなたは経験豊富でしょうしね」

クリストスはたちまちこみあげた苛立ちをなんとか抑えた。最近、同様のことを何度か言われた。妻は僕をよほどふしだらな男と思っているのだろうか。真実は真逆なのに。確かに以前はそれなりに短い情事を楽しんだ。だがいつも相手には、デートは三回までとはっきり告げていた。そして結婚後は……。

いや、今ここで詳しく釈明するつもりはない。

「それで、この軍事作戦は厳密にはいつ決行する予定だい？」妻が携帯電話の予定表をきまじめに確認するのを見て、彼はやや鼻白んだ。

「来週……六月五日か六日がベストだと思うわ」画面に目を落としたまま、ラーナはごくりとつばをのんだ。「今日から八日後よ」それから姿勢を正し、目を上げて彼を見た。「都合はどう？」

「その日なら何も予定は入っていないと思う。君のほうこそ大丈夫なのかい？」妻はこのセックスを非常に重要視しているようだが、かなり恐れてもいるようだ。長年低俗な男たちに見くだされ利用されてきたという話もしていた。

そして、慎重に振る舞うなら結婚後も自由に浮気をしていいと僕に言った。だが、彼女自身は浮気をしたのだろうか？　本当のところ、ラーナはセックスについてどう考え、どう感じているのだろう？

「私は大丈夫よ」彼女はきっぱり言い放った。「とにかくその日にしないと。排卵日なんですもの」

やれやれ、ロマンティックなお答えだ。「緊張してないかい？」そう尋ねるなり、ラーナは頬にこぼれたおくれ毛を耳にかけた。緊張を示す仕草だ。

「いいえ、全然。だって……これは一つの進歩だわ。ここから少し変化が起きる。たとえば……」水色の瞳が一瞬いたずらっぽくきらめいた。「あなたは服を脱いだ私を見たことがない。今までは」

ああ、ない。だが今は、見るのを楽しみにしている。「君も、服を脱いだ僕を見たことがないな」言い返すと、うれしいことに彼女は頬を染めた。「だがそれは始まりにすぎない」その言葉が二人の間に漂い、さまざまな場面が僕の、そしてたぶん妻の脳裏にも浮かんだ。まず二人とも服を脱ぐ。やがて二つの裸身が絡み合い、歓喜にほてり、キャンドルの明かりに照り映えて金色に輝き……。

「さてと」ラーナがぴしゃりと手をたたいて立ちあ

がった。「もう仕事に戻らないと」

「オーケイ」クリストスも立ちあがり、ソファの背にかけてあったジャケットを取った。「これで、僕たちの新たな結婚形態に関する君の懸念事項は、すべてクリアしたかい？　つけ加えることは？」

「いいえ、何もない。すべて完了よ」

彼は期待をこめて眉を上げた。「大規模作戦決行日の前に、もう一度会う必要があるかな？」

ラーナは小さく笑った。「この軍事ネタでまだまだ楽しむ気なのね。どうぞご自由に。でもDデー前に会う必要はないと思う」彼女はバッグを取って肩にかけた。「ホテルを予約して、詳細が決まったら知らせるわ」

「了解」

ラーナは満足げにうなずいた。自分がホテルを予約し、すべてを思いどおりにきちんと整え、すべての主導権を握っている。そう考えているようだ。

しかし、そうではないかもしれないぞ。

「これでいい。完璧だわ」ラーナはもう一度うなずき、それから心もとなげにほほ笑んだ。「この言葉はもっと早く言うべきだったけど……クリストス、ありがとう。いつも寛大に優しく接してくれて。特に、私があんな提案をしたことを考えると」彼女はかぶりを振った。「今になってみれば、ＩＶＦはちょっとばかげた提案だった」

「〝ちょっと〟かい？」

「いいえ、すごくばかげていた。あなたも……これまでに出会った男たちと同じだと信じこんでいたせいね」

痛ましくも興味深い告白だが、その件を今この場で深く追究するつもりはない。「僕はほかの男たちとは違う。それを証明する機会が待ち遠しいよ」

「ありがとう」ラーナはまた一つうなずくと、バッグの肩紐を調整した。それから、まるでマントをはおるように、いかにもキャリアウーマンらしい雰囲気を身にまとった。瞳は冷たいアイスブルーに光り、顎は強固な意志を帯びて上がり、しなやかな体はしゃんと伸びた。優秀な兵士よろしくピンヒールのかかとをかちっと合わせることだけは、さすがにしなかったけれども。「それでは、また来週会いましょう」彼女はきびきびと言った。

「また来週」クリストスが応えると、彼女は背を向けてラウンジを出ていった。

男たちの視線に追われ、テーブルやソファをぬって遠ざかる妻の後ろ姿を見守りながら、クリストスは心の中でつぶやいた。ああ、来週会おう。ただし、事は君の思っているとおりには運ばないよ。

この結婚の主導権を握っているのは、ほかの誰でもない、僕なのだから。

6

ピンヒールを脱ぎ捨て、自宅の居間へ足を踏み入れてラーナは大きなため息をついた。今日は丸一日、立て続けに会議があった。緊張で体中が痛い。ただし緊張は会議のせいではない。明日に迫った大規模作戦決行日(Dデー)のせいだ。

またため息がもれた。シニヨンからピンを抜き、頭を振って長い髪を背中に広げると、ラーナはブラウスのボタンを外し始めた。寝室へ入りながら仕事着を脱ぎ、柔らかくてゆったりした部屋着兼パジャマに手を伸ばす。着古して紙のように薄くなったTシャツとスウェットパンツを身につけた姿は、決して誰にも見せられない。ブラも外して部屋の隅の洗濯物かごに放りこむ。今夜は最後の一人時間を楽しむつもりだった。だって明日になれば……。

実のところ、明日のことはあまり考えないよう努めてきた。ニューヨークでも指折りのおしゃれなホテルに、最上階ではないが、部屋を予約した。新しいネグリジェも買った。コーヒー色のシルクで黒いレースの縁取りがある。清純すぎず、ロマンティックすぎず、色気もないが洗練されている、と思う。明日の朝にはエステも予約した。ワックス脱毛や全身パックなどすべて込みの長時間コースだ。クリストスとのセックスとなれば、自分を最高の状態にしておきたい。外見は身を守るよろいになるから。

〝クリストスとのセックス〟

考えただけで体に震えが走った。彼の親指に手のひらをなでられたとき、激しい切望がわきあがったのを思い出す。あのときよりもっと親密に触れられたら、私はどう反応するだろう。もしも緊張で凍りついてしまったら、どうなるの？

でも、もしも凍りつかなかったら？

体の反応だけでも、まるで地雷原を歩くような不安を感じる。さらに心の反応を考えると、恐ろしくてたまらない。クリストスはまったく気にかけないようだが、私にとってセックスは大きな意味を持っている。だから長年誰ともしていない。経験不足から、ぎこちなくぶざまに振る舞ってしまうかもしれない。前もって夫に話しておくべきだろうか？でも打ち明けるのは耐えがたい苦痛だ。

ラーナはふかふかのスリッパに足を入れた。これもまた誰にも見せられない。遅い夕食にしようとキッチンへ向かう。ＢＧＭとして携帯電話のプレイリストからバッハの《無伴奏チェロ組曲ト長調》を選んだ。心に残る哀愁のメロディが流れ始める。悲しくも美しい調べがお気に入りの一曲だ。

夕食は、電子レンジで温めるだけで食べられるヘルシーで味もいいシェフのデリシリーズ。地元のケータリング業者からまとめ買いしている。それが温まるのを待つ間に、ふと考えた。子供が生まれたら自分で料理をするようになるのかしら。家族のために健康的な家庭料理を手作りしたり、愛情をこめてクッキーやケーキを焼いたりするの？

そうしたいけれど、想像するとなんだか不安になった。私はそんな家で育っていない。そんな料理の作り方がわかるだろうか。生まれてこのかた、まともに料理をしたことがない。学費を稼ぎながら大学を卒業するまでは、即席パスタとベイクドビーンズの缶詰でお腹を満たした。その後ゆとりができてからは、今と同じような食事をしてきた。

だが料理ができるかという不安は別にして、私とクリストスと子供の三人が、温かな明かりに包まれた部屋で食卓につき、私の作った料理を食べる場面を想像すると……痛いほどのあこがれと同時に、なぜか恐怖を感じた。

不意にベルが鳴って、ラーナは現実に戻った。最初は電子レンジの音かと思ったが、玄関のベルだと気づいた。誰か来たのだ。

ラーナは一瞬ためらった。できれば無視したい。この三階建ての古い褐色砂岩の家は私の聖域、一人で安全に過ごせる隠れ家だ。家へは誰も呼ばないし、マンハッタンの住人はふらりと立ち寄ったりしない。

誰であれ、無視すればたぶん立ち去るだろう。電子レンジが鳴ったので、料理を取り出した。

そのとき、またドアベルが鳴った。続いて携帯電話のメール着信音がした。

見ると、なんとクリストスからのメールだった。

〝開けてくれ。僕だ〟

なんですって？　驚きと警戒心と喜びが一度に押し寄せたとき、まだ見つめていた画面に次のメッセージが現れた。

〝まじめな話、早く開けてくれ〟

彼はここで、いったい何をしているの？　確かに、ここで夜を過ごしたことは何度かあるが、いつも下の階の客用寝室を使ってもらったし、前もって連絡せずに来たことはなかった。それが二人の、というか、ラーナの決めたルールだった。常に予定を入れてから訪問すること。彼女はサプライズが苦手で、うまく対応できないから。

ためらっていると電話がかかってきた。

ラーナは通話ボタンを押し、恐る恐る呼びかけた。

「クリストス？」

「ドアを開けてくれる気はあるのかな？」深くなめらかな、どこか面白がっているような声を聞くと、彼女は不安にもかかわらず、なぜかほほ笑んでいた。

「私が家にいると、どうしてわかったの？」

「玄関前のステップを上がっていく姿を見たからね。入れてくれる気はあるかい？」

断る理由はないけれど、でも……。「来るなら来ると、なぜ知らせてくれなかったの？」

「驚かせたかったのさ。それに、話もある」冗談半分のようでいながら、毅然とした口ぶりだ。

「話？」なんだか不安が増してくる。「話は全部すんだと思ったけど」

「いくつか細かい点をもう一度検討したいんだ」彼はさりげなく言った。「いずれにしろ、明日からはここで一緒に暮らすんじゃないのか？」

「ち、違うわ。一緒に住むのは赤ちゃんが生まれてからよ。今はまだ一緒に住む必要はないでしょう」

ラーナの口調は険しくなっていた。

「だが一緒に住んだほうが子作りに役立つかもしれない。そう思わないか？」彼はあっさり返した。

「そのためにホテルへ行くのよ」子作りは中立地帯で行うことが重要だ。私の人生にそこまで深くクリストスを受け入れる心の準備はまだできていない。

そんなことを言いながら、彼と子供を作ろうとしているの？ それは筋が通らない。わかっているものの、やはりためらいを感じる。

「ラーナ、ドアを開けてくれないか？」彼は穏やかに言った。

穏やかな口調の奥に、決して引かない強情さが感じられる。それが彼女に向けられたことはないが、ラーナは夫にそんな面があることに以前から気づいていた。大富豪のハイテク投資家は、普通の人が仰天するような交渉条件を提示し、一歩も引かずに契約を成立させる。ただしその条件はあくまでも公明正大なものだ。そしてクリストスからにじみ出る静かな威厳には誰も逆らえない。だから夫は声を荒らげる必要もなく、ただ眉を上げるだけでいい。また彼はとても魅力的でもあるので、仕事では冷酷になれることを誰もがつい忘れてしまう。

「ラーナ」呼びかける声は相変わらず穏やかだが、それは明らかに命令だった。

ラーナは電話を切り、階段を駆けおりた。思いがけない事態に頭が混乱し、自分が何をしているか、何を着ているか、玄関のドアの錠を外すまで考えられなかった。ドアを開けると、クリストスが立っていた。チャコールグレーのスーツ姿で、黒髪を初夏の夜風にそよがせて。一方ラーナはパジャマ姿で、おまけにノーブラだった。

すばらしいわ。

「こんばんは」夫は笑みを浮かべて敷居をまたぐと、どんどん中に入ってきた。ドア口にいたラーナは脇によけるしかなかった。

「前もって連絡してくれればよかったのに。もうパジャマに着替えたのよ」薄いTシャツの下で目立つ胸の先端が急に気になり、彼女は腕組みした。

「目の保養になる格好だ。特にスリッパがいいね」彼はジャケットを脱いで玄関のコートスタンドにかけた。「いいにおいがするな。ディナーは何？」

「私は温かいレンズ豆のサラダを食べるところよ。あなたが何を食べるかは知らないけど」

「いやいや、何もそこまで歓待してくれなくても」

ラーナは笑うしかなかった。夫はいつも私を笑わせてくれる。私が笑いたくないときでさえも。「クリストス、私たちは明日会う予定なのよ」

「わかってる」そう言いながら、彼は二階の居間へ向かった。「だがただ会って、冷たく作業をこなすだけだと、お互い少しつらいだろうと思ってね」

のんびりと優雅に階段を上る夫を、彼女は見つめた。「〝冷たく〟って、どういう意味？」

クリストスの姿は階段の先へ消え、ラーナもあとを追った。居間に入ると、夫はすでにクリーム色のソファに体を沈め、桜材のコーヒーテーブルに足をのせていた。すっかりくつろいだ様子で、とても男らしく見える。思わず息を吸うと、全身がベルガモットの香りに満たされた。体の奥で温かな何かが目を覚まし、外へ出ようとしている。

「クリストス、どういう意味なの？」彼女は答えを促した。

クリストスは眉を上げた。「それじゃあ、僕にはレンズ豆のサラダはなしかい？」

「私自身、もう食欲を失ったわ」僕の突然の登場に動転したらしい。まあ、それは理解できる。

「別にかまわないさ。僕も腹は減っていない」彼はにっこり笑ってソファの自分の隣をたたいた。「ここに座らないか？」ラーナは、そこで南米の大蛇がとぐろを巻いているかのようにその席を凝視した。いったい何を恐れているんだ？　それがなんであれ、彼女の恐怖心を軽くしたくてここへ来たのだ。彼はまたソファをたたいた。「ラーナ、座ってくれ」

妻は相変わらず不審げにソファを見つめている。

「冷たく……作業をこなすって、どういう意味？」

「ここへ座ったら教えてあげるよ」

「わかったわ」ラーナはまた虚勢を張って長い髪をさっと振ると、体をこわばらせて隣に座った。どうやら震えているようだ。薄すぎて透けそうなTシャツの胸に目を向けないようにするのは至難の業だった。彼女は隠そうと腕組みしているが、ノーブラなのは間違いない。ぶかぶかのスウェットパンツは華奢(きゃしゃ)な腰からずり落ちかけ、ストロベリーブロンドの髪は波打って肩に広がっている。これほどセクシーな妻を見るのは初めてだ。

「大変な一日だったのか？」

「仕事はいつもどおりよ」ラーナは肩をすくめた。

「足は？」

「えっ？　足？」

「ドア脇にピンヒールが脱ぎ捨ててあった。足が痛むのかい？」

「足もいつもどおりよ」彼女はまた肩をすくめた。

「どれどれ」クリストスは妻の片足をつかみ、唖然(あぜん)とする彼女が逆らう間もなく自分の膝にのせた。

「い、いったい何をしてるの？」ラーナは息を乱し、声を上ずらせた。すでに僕に反応している。いい傾向だ。

「マッサージしようかと思ってね。もし君がよければ、だけど？」

「そ、そうね……」ラーナは迷っていたが、またもや肩をすくめた。「いいかも」

彼は親指で土踏まずを押し始めた。妻は一瞬びくりとしたが、すぐに口から快感のため息がもれた。

「すごくいい気持ち」だが、声はまだ不安そうだ。

「それはよかった」横目で妻の反応を確かめながら、クリストスはマッサージを続けた。少しずつ緊張が解けてきたのか、ラーナはソファのクッションにもたれ、ため息をついた。反対の足をもみ始めるころには、まばたきして目を閉じた。

「本当に上手なのね」

彼は親指の力加減に注意して、凝りがほぐれていくのを感じつつマッサージを続けた。それは甘美な拷問だった。妻の足が自分の体のある場所をかすめないよう座る位置をずらしたが、彼女がリラックスするにつれて自分の緊張は高まるばかりだ。

「マッサージの経験が豊富なのかしら？」

クリストスはため息を押し殺して苦笑した。「たまたまね。だが君が思ってるようなことじゃない」

ラーナは目を開き、クッションから頭をもたげて彼を見た。「どういう意味？」

「子供のころ、足のマッサージで妹たちから金をもらってたんだ。一回につき一ドル。いい小遣い稼ぎになったよ」

「つまり、女性たちをその気にさせるための手段ではなかったということ？　もっとも、手段なんて必要ないわよね。みんな、最初からその気だもの」彼女はまた目を閉じてクッションにもたれた。

「確かに、その気のない女性をベッドへ連れこんだりはしないさ」だからこそ、今日ここへ来たのだ。

快い静寂のうちに数分が過ぎ、クリストスは左右の親指でラーナの両足の裏に円を描いた。白いクッションの上に金色の髪を広げて目を閉じている妻は、眠れる森の美女さながらだ。薄いＴシャツ越しに胸の形がくっきり見てとれる。リンゴのように丸い完璧な胸は、僕の手のひらいっぱいにあふれそうだ。

彼女の体は本当に魅惑的だ。足以外の場所に触れたくてたまらない。ただし今のところは、足から手を放すつもりはない。

「ねえ、あれはどういう意味だったの？」ラーナが目を閉じたまま眠そうな声できいた。「冷たく作業をこなすだけじゃつらい、とかいうのは」

クリストスはどう話そうかと考えあぐねた。手を足裏から移動させて細い足首をつかみ、そこで止める。続けてとばかりに妻がかすかなため息をもらす。彼はゆっくりと手を上下させて、足と足首を交互にぎゅっと握った。シルクのようになめらかな肌が、彼の手の下で徐々にほてってくる。

まさに拷問だ。それでも彼はマッサージを続けた。

「クリストス？」ラーナはまだ目を閉じたまま、リラックスしきった体をクッションに預けて促した。

「僕が言いたかったのは……」彼はまた座る位置をずらして、さらにマッサージを続けた。「僕たちは三年間の結婚生活で、互いにろくに触れたこともない。キスしたこともない」

「だって、それがこの結婚の条件だったでしょう」

「だが、今はもう違う」

「それは、明日――」

「ああ、厳密には明日から変わるわけだ。一夜のうちにゼロから百に変わる。君は僕を短い情事の達人と思っているかもしれない。しかし結婚は一夜限りの情事とは違う。だから今夜のうちに多少は互いを知っておくべきだと思ったんだ。そうすれば明日、大きすぎる変化に衝撃を受けずにすむ」

足首に手を置いたまま、クリストスは妻を見た。

ラーナは驚きに目を見開いて彼を見返した。「互いを知っておくべきですって？　だからこんなことをしているの？」彼女は夫の膝にのった自分の足を手ぶりで示した。

「これが何か問題かい？」

「これはただのマッサージだと思っていたわ！」

「ああ。ご覧のとおりマッサージだよ」彼はもう一度土踏まずをもみほぐし始めた。

ラーナは震える息を吐きながら、また力なくクッションにもたれた。乾いた唇を舌で湿らせている。僕の欲望を燃えあがらせる仕草だ。「互いを知るって、正確にはどういう意味なの？　本当のところ、あなたは何がしたいの？」

何もかもだ。

今やクリストスの体は渇望に張りつめていた。それでも彼は低く穏やかな声で答えた。「君が望まないことは何もしたくない。だが君の望むことならなんでも、すべてしたい」そして土踏まずから足首まで指先で円を描きながら、なめらかな肌をたどっていった。「ラーナ、主導権は君にあるんだ」

彼女は弱々しく笑って、どっとソファに沈みこんで目を閉じた。足をクリストスの膝にのせ、彼の前であおむけに倒れた形だ。「おかしいわね。主導権を握っている気がしないわ」

「いいや、すべては君の望むままだ。約束する」クリストスは自制心を保とうとしたが、それは刻々と難しくなっていた。「マッサージを続けてもいいかい？」彼の問いに、妻は無言でうなずいた。

もしそれがラーナの望みなら、マッサージを続けよう。大丈夫。夜は長い。クリストスは自分に言い聞かせた。今夜ここへ来たのは、ただ妻に触れたいと思ったからだ。さらに肝心なのは、僕に触れてほしいと妻が望むことだった。そして、その二つの思いはかなった。ただ、できることならば、足だけでなく、もっと上のほうにも触れたい。足もすばらしいけれども。

彼は手を足首まで滑らせ、また足裏に戻して、マッサージを続けた。ただ足に触れているだけでも大変な責め苦だ。触れられるほうはどうなのだろう？

彼女も何か感じているはずだ。目は閉じたままだが、呼吸が乱れ、頬が紅潮している。体はさらに深くソファに沈みこみ、脚が徐々に開いてきた。

もう少し大胆に動いてみよう。クリストスは足首まで滑らせた手をさらに先へ進めた。そして妻の許可を求めるように、ふくらはぎの下で止めた。ラーナは一瞬体を緊張させたが、ふっと息を吐いて足の力を抜いた。爪先が彼の体に触れて自制心を揺さぶる。彼は再び座る位置をずらした。手をふくらはぎから足首へ、またふくらはぎへと上下に滑らせ、ふくらはぎを指で包む。ゆるいスウェットパンツの裾が膝までずりあがった。

金色に輝く肌に繰り返し手を滑らせるうちに、下腹部が脈打ちだした。ラーナは小さなあえぎ声をもらし、それからくすくす笑った。

「今気づいたけど、まだ無駄毛の処理すらしてなかったわ。エステの予約は明日の午前なの」

クリストスは低く笑った。「そんなこと、僕は気にしないよ」

ラーナは目を閉じたままかぶりを振った。「こんな私を見せたことはなかったわね」

「ああ」彼は静かに言うと手を膝まで滑らせた。

7

クリストスの手で膝を包みこまれたとき、ラーナは大きく息をのんだ。全身がバターのように心地よくとろけて、体の芯からあふれ出た切望が手足の指先まで満たしている。彼に触れてほしい。触れてほしくてたまらない。もっと、もっと。

夫の手は膝で止まったままだ。足首やふくらはぎのとき同様、先へ進んでもいいかと無言で許可を求めている。そしてラーナは今回も、ただ小さくため息をつき、喜んで許可した。でもまだ物足りない。もっと先へ進んでほしい。それを言葉で伝える勇気はないけれど、ぜひそうしてほしい。

どうか、もっと上へ。

甘やかな拷問のような数秒が過ぎて、望みがかなった。膝から五、六センチ上まで彼が手を滑らせ、敏感な内腿の肌に手のひらを這(は)わせたのだ。でもまたそこで止まっている。ラーナの血管はどくどくと脈打ち、体中が欲望にわなないた。

どうか、もっと上へ。

ラーナは膝を曲げて夫に身を寄せた。ぶかぶかのスウェットパンツの下で彼の手がゆっくりと脚の上方へと進んでいく。いつでも止められるわ。主導権は私にあるのだから。一ミリ、また一ミリと甘美な責め苦は果てしなく続き、やがて手はまた止まった。広げた指先が腰骨に届きそうで届かない位置だ。

ラーナは片足を彼の膝にのせたまま、両脚をわずかに開いた。望みをわかってもらいたい。自分の思いきった振る舞いに励まされて、大胆な気分になっていた。

でもクリストスは腿に当てた手を、先へ進めようとしない。ラーナは心臓が高鳴るのを感じた。

どうか、その手をもう少し上へ。

それでも夫の手は動かない。ラーナは知らず知らず腰を浮かせ、誘うように反らしていた。そうせずにいられなかった。夫の喉から震える吐息がもれるのが聞こえて目を開くと、彼がじっとこちらを見ていた。高い頬骨のあたりが赤く染まり、呼吸が荒い。

「僕に触れてほしいかい？」低い声できかれて、彼女はうなずいた。「それなら、口に出して言ってくれ」夫がたたみかけた。

「触れてほしいわ」ラーナはささやいた。

「どこに？」

心臓が早鐘を打ち、頭がくらくらする。これまでにないほどの渇望がわきあがり全身が粟立(あわだ)った。

「あそこに……」小声で答えると、クリストスは相変わらず彼女を見つめたまま手を腿から上へ滑らせた。その手は下着をくぐり、大きな手のひらが熱く脈打つ彼女の中心をすっぽりと覆った。

それは初めて経験するとても濃密な触れ合いだった。ラーナは夫の視線から目をそらすことができなかった。手のひらが優しく押しつけられるたび、快感が体を貫く。もっと先へ進んでほしい。でも一方では、この触れ合いを永遠に続けてほしくもあった。押して。もっと押して。

彼女はまつげをはためかせて目を閉じた。

「僕を見るんだ」クリストスの声が低く響き、ラーナは目を開けた。夫の目は瞳孔が開いてぎらつき、顔は紅潮している。彼はゆっくりと人さし指を曲げて、そっと彼女の入り口に当てた。

体がこわばり、ラーナはごくりとつばをのんだ。

「いいかい?」

そうきかれて、不思議に思った。常に主導権を握って少しずつゆっくり進みたいという私の気持ちを、夫はなぜこんなによく理解してくれるのだろう?

「ええ、いいわ」ラーナはか細い声でささやいた。

ゆっくりと時間をかけて、クリストスは指を中へ進めた。夫を驚くほど近く感じる。でも最初は心地よさはなく、ただ侵入されたという不安を覚えた。ところが熟練の指が優しくなだめるように内側を探り、歓(よろこ)びの核を見つけて巧みになで始めると、まるで弓が引き絞られるように体の中心で何かがきりきりと引き絞られていった。そして、不意にすべてが解き放たれ炸裂(さくれつ)した。

全身が激しくけいれんし、ラーナは一瞬、自分はどうかしてしまったのだと思った。体の奥が夫の指を締めつけている。いつのまにか腰を反らし、自分自身を差し出すように、夫の手に押しあてていた。彼に呼び覚まされたえもいわれぬ快感に体が震え、喉からは自分でも一度も聞いたことのない悩ましげな声がもれた。

やがて快感の波が引き、ラーナはまばたきして夫を見た。体は満たされたが、まだ何かを求めている。彼がどう触れたか、自分がどう反応したかを思い返すと、大きなショックを受けた。

あんなふうに反応したのは初めてだ。これまでは親密な行為で快感を得たこともなければ、相手に身をゆだねきったこともない。その行為では、いつもなんらかの屈辱を感じていた。

〝ラーナ、君はベッドでは最悪だな〟いったい何度、アンソニーにそう言われたことだろう。

ところがクリストスは私の内に快感を呼び覚まし、私自身も知らなかった一面を明らかにした。しかも恐ろしいことに、あっという間に完璧にそれができたのだ。すべてを知り尽くした彼の巧妙な手の下で、私はなすすべもなく自分の弱みをさらけ出した。夫はその気になれば私になんでもできたのだ。そして私はなんでも受け入れ、自分から請い願いさえしただろう。アンソニーのときと同じだわ。

ラーナは身をよじって夫から離れ、背を向けた。スウェットパンツの乱れを直し、ソファから慌てて立ちあがる。自分がどんな顔をしているかわからないが、夫に見せる自信はない。

「ラーナ?」クリストスが優しくおずおずと呼びかけた。

「さぞ鼻高々でしょうね」皮肉っぽく言ってやるつもりだったのに、声がかすれた。

「鼻高々?」彼は驚いたように繰り返した。「いや、今はそんな気分じゃない」

「でも私の言いたいことはわかるはずよ」ラーナはもつれた髪を耳にかけ、無理やり夫に向き直った。「大したものね。これで、ベッドでのあなたがいかにすばらしいか証明されたわ。おめでとう」腕組みして見おろすと、クリストスは額にしわを寄せて見返してきた。

「僕がここへ来たのは、そんなことのためだと思っているのかい？」

「違うの？」

彼は低く長いため息をついてソファに背を預け、両手で髪をかきあげた。「まあ、それも一つの見方だろう。だが僕は、明日初めての事態に二人が衝撃を受けずにすむよう、互いに多少打ち解けておいたほうがいいと思ったんだよ」

「打ち解ける？　それなら、おしゃべりでもすればよかったんじゃない？」

「打ち解けるとは、互いの体に触れて緊張を解くという意味だ」今や夫の声にはとげがある。なぜ彼を突き放すような物言いをしてしまったのだろう。別に怒らせたかったわけではない。ただ……説得力のある言葉に丸めこまれたくないだけだ。

打ち解けて親密になるのが怖い。親密になると、人は私を利用し、傷つけるから。

でもクリストスはそんな人ではない。夫のことは信頼している。とはいうものの……。

「おかしな話ね。私はあなたの体に触れていないわ。あなたが私に触れただけでしょう」

一瞬、彼が大きく目を見開き、瞳が鮮やかなグリーンに燃えあがった。それから片手で自分の体をさし示した。「いつでも好きなだけ触れてくれ。さあ、どうぞ」

「そんなつもりで言ったんじゃないわ」ラーナはこの状況にうまく対処できないことに苛立(いらだ)っていた。自分がひどく弱い立場に置かれた気がして、恐れと戸惑いから、つい夫に食ってかかってしまう。理不尽だとわかっていてもやめられない。

「それじゃあ、どんなつもりなのかな？」

「私は……利用されたくないのよ」

「利用だって？」クリストスは信じられないという顔で彼女を見つめた。少し怒っているようだ。「僕がいつ君を利用した？　僕はその都度許可を求めたし、君はすべてに乗り気だったぞ」

「ええ、わかっているわ」ラーナはつぶやき、急に泣きそうになった。私ったら、どうしちゃったの？

彼はしげしげとラーナを見ていた。やがてなんだか気落ちした様子で静かにきいた。「まったく、いったいどういうことなんだ？」

この計画を台なしにしたくない。私の恐怖心のせいですべてをふいにしたくない。ラーナはなんとかまたソファに戻って座り、膝で組んだ手を見おろした。動転して乱れた考えをきちんとまとめなくては。彼女は声を抑えて切り出した。「ごめんなさい。ヒステリックに振る舞ってしまって。それは自分でもわかっているの」

少し間を置いて、クリストスは慎重に応じた。「ヒステリックではなかったさ。ただ、どういうことか理解できないんだ。君を利用する気だったなら、今ごろは僕自身もう少し満足を得ていたはずだ。いや、誤解しないでほしい。もちろん、僕の手で昇りつめる君を眺めるのは大いに楽しかった。だが正直、今は少々落ち着かない状況なんだ」彼は苦笑し、ラーナは頬を染めた。

「ごめんなさい」

「謝らなくていい」穏やかに言うと、夫は彼女の手を取った。「どういうことなのか説明してくれ。この計画を成功させるために、知る必要がある」

ラーナが口を開くのを待ちながらも、知りたくない、とクリストスは思った。妻の心の秘密を知ることは、子作り計画に含まれていない。過去の嫌な体験がトラウマになり彼女がセックスを恐れているとしても、そんなことは知りたくない。たとえ知っても自分は何もしてあげられないのだから。

それなら、なぜ尋ねたんだ？　なぜ今、話してほしいと待っている？「ラーナ？」彼は促した。

「過去に何度か……つらい恋愛を経験したの。中でも最悪だった関係のせいで、ものの見方が――」

「セックスへの見方が、かい？」

「ええ、そうよ。セックスへの、親密になることへの、その他あらゆることへの見方が変わったの」

　妻から詳しく聞いてはいなかったが、クリストスはすでに察していた。彼女が体の接触を冷たく用心深く避ける態度から、推測はついた。そしてききたくないのに、知りたくないのに、なぜか質問を続けた。「何があったか、話してくれるかな？」

　ラーナは金色の眉をひそめ、しばらく無言で彼を見つめた。話すべきか否か迷っているようだ。「こんな話をすることが、今回の子作り計画に含まれるとは知らなかったわ」

「互いの過去を知ることは含まれないのか？」

「互いを知って親しくなる必要はないもの」

「別に打ち解けて恋に落ちることが目的ではないよ。明日の本番でミスを犯さないよう、予備知識を得ておきたいだけだ。今夜はへまをしたからね」

　ラーナの目からたちまち涙があふれ、彼はうろたえた。涙は苦手だ。妻は頬に転げ落ちた一粒を手でぬぐった。「あなたはへまなんかしていないわ」

「君の動揺ぶりを見たら、そう思う」

「いいえ。へまどころか、あなたのおかげで初めて歓びを知った。今まで誰も、あんなふうに感じさせてくれなかった」ラーナは唇を噛んだ。涙で曇る瞳の奥にかすかな笑みが躍っている。「こんなことを告白されて、あなたがおびえないといいけど」

「まさか」実のところ、最高にいい気分だった。

「しかし、過去にいったい何があったんだ？」

　ラーナは長く震えるため息をもらした。「わかった。話すわ。話して当然ですものね。ただし、その前にワインを一杯飲みたいの」

「いいとも」

ラーナはソファから立ちあがり、キッチンに消えた。クリストスはソファにもたれて目を閉じた。なんだか深刻な事態になってしまった。ここへ来たときには、ただラーナが僕に応えて花が開くように体を開き、体の緊張を解いて楽しんでくれたらと思っただけだった。感情面を問題にするつもりはまったくなかった。それなのに、なぜかこうなった。

今さら逃げ出すわけにはいかない。母や妹たちに必要とされたときは心を閉ざし、行かないでくれと請われたのに逃げ出した。だがラーナとの関係は母や妹たちとの関係とは違う。妻とは感情的に深く関わっていない。だから彼女からつらい過去の話を聞かされても大丈夫だ。僕自身は何も感じずに、きちんと対処できる。いずれにしろ、今回の子作りのために重要なのは心ではなく体だ。ラーナがセックスを楽しめるようになれば、それでいい。二人の関係に感情を絡めなければすべてはうまくいく。僕もうまくやれる。彼は自分に言い聞かせた。

ラーナがワインボトルとグラスを手に戻ってきて、グラスを振りかざした。「二脚持ってきたわ。あなたも飲むかと思って」

「いいね」クリストスは肩をすくめてほほ笑んだ。

ラーナは夫の様子がおかしいことに気づいたらしい。小首をかしげ、ブルーの瞳で探るように彼を見た。「大丈夫？」

「もちろん」だが、その声は自分の耳にも大丈夫に聞えなかった。僕はおびえている。理由はラーナが心配したようなことではないけれども。初めて歓びを知ったという告白は、むしろうれしかった。しかし過去のつらい秘密まで告白されては困る。でもそれをどう説明すればいいのだろう？

〝大丈夫だが、君のトラウマを話すのはやめてくれ。その種の話は苦手なんだ〟とでも言うのか？

「大丈夫だ」クリストスはさらに請け合った。僕ラーナは疑わしげな顔でワインを二脚のグラスについぎ、一脚を彼に渡すともう一脚を持ってソファの端に座った。「本当に、この話を聞きたいの?」

「聞きたい。君が話したい場合に限って、だが」

ラーナは唇を引き結んで彼を見据えた。夫がまた身を引き始めたとわかっているのだ。「それなら、あらましだけ話すわ」彼女はきっぱりと言った。

「それでいい」彼はそれ以上尋ねる気はなかった。

ラーナはワインを口に含み、ゆっくり飲みながら考えをまとめているようだ。話に正しく反応しなくては、とクリストスは身構えた。だがすでに、適切な反応など僕には無理だろうと感じていた。

「ある男性に出会ったの」ワイングラスを見つめたまま、ラーナはようやく語りだした。「私はとても若かった。大学を出て職務研修を受け始めたばかりの二十一歳だった」そこでまた口をつぐみ、額にしわを寄せて考えにふけっている。顔はノーメイク。普段は完璧なストレートにセットされたブロンドの髪が、今はもつれて肩に広がり、着古したTシャツが一方の肩からずり落ちかけている。つかの間クリストスは、ビジネススーツとピンヒールで武装していない妻の自然な美しさを満喫した。

「もう少し詳しく話してくれるんだよね?」ラーナが黙ったままなので彼は促した。

「ええ、あと少しだけね」彼女は感情のこもらない声で事務的にてきぱきと答えた。

感情を恐れるクリストスにとっては好都合な展開なのに、なぜか失望を感じる。そんな自分に苛立ち、彼は矛盾する思いを振り払った。

「その男性は、私の最初の……恋人だった。愛という言葉は使いたくないけれど、でも彼を愛していたというか、彼にのぼせあがっていたの」

クリストスは急にこの話を聞きたくなくなった。のぼせあがっていた? 不愉快極まりない。

「彼は十歳上で、仕事を通じて出会った広告担当の重役だった。人を惹きつける強烈な魅力があり、ファッションセンス抜群で、活気にあふれていた。わかるでしょう。広告業界によくいるタイプよ」

ラーナはクリストスを見あげて苦笑し、彼はそっけなくうなずいた。ああ、そういうタイプなら知っている。手首のロレックスをきらめかせて大声で笑う、口のうまいぺてん師だ。

「私は彼の虜になり、飛べと言われればどれくらい高くと尋ね、その希望よりさらに高く飛ぼうと努めた」ラーナは肩を落としてため息をついた。

「君は若かったんだよ」クリストスはその男の顔を殴りつけたくなった。

「そして若い私は厳しい現実を知った。彼にとって親密になること――セックスは相手を操る武器だったの。私にとってベッドは辱められ傷つけられる場所になった。それでも私はされるがままに従った」

ラーナは仮面のように無表情な顔で彼を見つめていたが、ついに視線を外し、ワインをひと口飲んだ。

クリストスは妻を見つめ続けた。彼女に何が起きたのか理解するにつれて、怒りが音をたてて体中を駆けめぐった。もうこのぺてん師を殴りたくはなかった。むしろ殺してやりたい。

「ラーナ……」美しい青い瞳に涙があふれるのを見て、彼は何を言えばいいのか、どうすればいいのかわからなくなった。妻を抱き寄せて慰め、まぶたに優しくキスをしたい。だができなかった。体がその場に凍りつき、心の扉が閉じていく。

僕はこの状況に対処できない。

クリストスはただ彼女を見つめ続けた。

妻の目に一瞬理解の灯がともったが、スイッチを切るようにすぐ消えた。「これで過去に何があったかわかったでしょう」話は終わりだとばかりにラーナは立ちあがり、グラスを手にキッチンへ向かった。

彼は座ったまま動かなかった。頭の中をさまざまな考えが飛び交い、心は石のように重い。

戻ってきた妻が、もう落ち着いた様子で言った。

「泊まっていくなら下の客用寝室を使ってね」

なんてことだ。いろいろ分かち合ったばかりなのに、すげなく追い払われるとは。だがよく考えてみれば、実際二人は何も分かち合っていない。分かち合わないよう僕が仕向けたのだ。

「了解」クリストスは穏やかに応じた。なんであれ無理強いは避けたい。それでもいちおう尋ねるべきだろう。「明日の作戦決行に変わりはないかい?」

ラーナが彼を見た。無表情な顔に冷淡な笑みが浮かんでいる。「もちろんよ。変わりはないわ」

8

ホテルのしゃれたカクテルバーで、ラーナはカウンターのスツールに座り、そわそわと身じろぎした。着ているのは黒いシルクの上品なシースドレスだ。ノースリーブでちょうど膝上丈。襟ぐりはスクエアカット。ジャケットをはおって職場へ着ていくこともあるし、ビジネス目的の夜の外出にも使える。

そして結局のところ、今夜も一種のビジネス目的の外出というわけだ。

「何を飲まれますか?」バーテンダーがきいた。

「ウイスキーのライム割り(スネークバイト)をお願い」ラーナは彼にちらりと笑みを投げて言った。

例によって、バーテンダーの目に称賛の色が浮かんだ。ウイスキーを飲む女性は常に一目置かれる。でもラーナがスネークバイトを注文するのは、単にウイスキーが好きだからだ。カクテルを待つ間に、彼女は後ろを振り返って店内を見渡した。

クリストスとの約束の時間は十分後だが、心を落ち着けて有利な立場を確保するためには早めに来る必要があったのだ。すでに予約した部屋へ行き、ホテル側が勝手にロマンティックな演出をしていないか確認してきた。幸いラーナの要望どおり、アイスバケットに入ったシャンパンも、サテンのシーツにまかれたバラの花びらもなく、部屋は上品ながらも機能的な雰囲気だった。

今夜は、ゆうべの行為を繰り返すつもりはない。快感を得ることはかまわない。またも夫の手の下でなすすべもなく自分の弱みをさらけ出すかと思うと少々不安だが、体の歓（よろこ）びを無理やり避ける気はない。ただし心は別だ。ゆうべアンソニーとの過去を話し、どれほど心が傷ついたか打ち明けたとき、クリストスの顔に拒絶するような冷たい表情が浮かんだ。あんな顔は二度と見たくない。

今夜はビジネスとして事務的に事を進めよう。楽しい時間になるだろうが、ビジネスはビジネスだ。

「お待たせしました」バーテンダーがカウンター越しにタンブラーを差し出した。ラーナが礼の言葉をつぶやいていっきに飲みほすと、彼は低く口笛を吹いた。「おやまあ、実にセクシーなレディだ」

ラーナは一瞬彼をにらんだ。そんな言葉は、今は迷惑以外の何物でもない。十一歳で思春期を迎えてからずっと、そんな言葉に対処してきた。そして、無視することがたいていは最善の対処法だと身をもって学んだ。必ずしも満足のいく方法ではないが。

そのとき、折よくクリストスがバーに入ってきた。ラーナは二十ドル札をカウンターに投げ、バーテンダーに背を向けた。近づいてくる妻に気づいて、クリストスの目が輝いた。でも、今夜の夫はどこか慎重に見える。ゆうべ私が打ち明け話をしたせいだ。なぜあんなことをしたのだろう？　今夜はもうしない。この先、二度としないわ。

「こんばんは、クリストス」ラーナは軽い口調で言って小首をかしげ、いたずらっぽくほほ笑んだ。今夜自分がどう振る舞いたいか、どう振る舞うべきかはよくわかっている。「ホテルのレストランにディナーの予約をしてあるの。牛ひれ肉（フィレミニョン）のステーキが絶品らしいわよ」

「ほう？」彼は一方の眉を上げた。濃紺のスーツに淡いブルーのシャツとシルバーグレーのネクタイを合わせ、黒髪を乱した姿がとても魅力的だ。午後六時にもかかわらず顎のひげはそりたてで、全身いい香りがする。「食事はあとにしないか？」

「なんですって？」ラーナは驚き動揺して、止める前に言葉が飛び出してしまった。

夫は肩をすくめた。口元に自信満々の笑みがゆっくりと広がり、彼女を見つめる物憂げな瞳の奥にも笑みがにじんでいる。「食欲は、あまりないんだ」

〝ほかの欲ならあるが〟

そうは言わなかったものの言ったも同然だ。肌がざわめき、不安と期待に胃が締めつけられた。今夜はこんなふうに進める予定ではなかった。まずはワインを飲みながら食事をとり、仕事の話や雑談で笑い合う。客室へ移動するころには自分らしく落ち着いて、クリストスに服を脱がされても、全身を楽器のように爪弾かれて快感の調べを奏でることになっても、すべてはビジネスと割りきれるはずだった。

ところが、今やそうはいかないのは明らかだ。夫はすでに客室へ上がるエレベーターへ向かっている。

「待って」呼びかけると彼が振り返った。ラーナは無理やり軽い口調を装って続けた。「なぜそんなに急いでいるの？　まず食事をすませなきゃ」

「なぜすべきことをさっさとしてしまわないんだ?」クリストスが肩をすくめて言い返した。「さもないと、君の緊張は刻々と増していくぞ。食事でリラックスするつもりかもしれないが、それは無理だ。デザートを食べるころには緊張の糸がぷつんと切れる寸前だろう。誘惑を始めるのにベストな状態とは言いがたい」夫は苦笑した。

彼の言うとおりだわ。きっと食事中に今よりもっと緊張してしまう。夫は私のことを私以上によく知っているのだ。クリストスはまたエレベーターに向かって長い脚でずんずん歩きだした。

「でもあなたは部屋番号も、何階かさえも知らないじゃない」ラーナは再び呼びかけた。

「鍵を持ってる」彼はジャケットのポケットからカードキーを取り出して掲げた。

「鍵を持ってる? いったいどうして?」

「僕は君の夫だよ。フロントできいたらこれを渡してくれた」クリストスはさらりと答えた。

私が主導権を握っているとほんの一瞬でも信じたとたん、夫はそれが勘違いだと見せつけてくる。

「なぜあなたまで鍵が必要なのよ」彼のあとに続きながらラーナは不満げにぼやいた。

クリストスは眉を上げて彼女を見た。「君こそ、なぜ僕に鍵を持っていてほしくないんだい?」

「そういう問題じゃないわ」これはつまらない言い合い、本当にどうでもいいことだ。ただ……私が主導権を握ろうとしても彼がそうさせてくれないというだけのこと。いったいなぜなの?

「さて、部屋へ行くのか、それとも行かないのか。どっちにする?」エレベーターの前に立ち、まだ眉を上げたまま彼がきいた。

今すぐに部屋へ行き、そして……。ラーナは挑戦を受けて立とうと顎を上げ、目をきらりと光らせた。

「もちろん行くわ」

すると彼は笑みを返してくれた。ラーナの胃がすとんと急降下して爪先まで震えるほど甘い笑みだ。

そう、もう行くしかない。

エレベーターの中で二人は無言だった。徐々に高まる緊張で彼女は胸が苦しくなり、危うい期待で心臓は早鐘を打ち、不安で手のひらに汗がにじんだ。

ああ、本当にすべきことをしようとしているのね。

エレベーターのドアが開き、ラーナが先に出られるようクリストスは脇へどいた。それから先に立って大股で廊下を進み始めた。彼は鍵を持っているだけでなく部屋の場所も知っていた。入ったこともあるのかしら。私より前に、それともあとに？

「もう部屋へ入ったの？」

「かもしれないな」夫はカードキーでドアを開け、彼女を先に通した。中を見渡したところ、少なくともベッドにバラの花びらは散っていない。だがテーブルのバケットの中ではシャンパンが冷えていた。


夫がここへ来たのは明らかだ。ただし、それをどう思うか考える暇はなかった。不意に大きな両手を肩に置かれ、ゆっくりと、でもいやおうなしに彼と向き合わされ、ダークグリーンの瞳にひたと見据えられたのだ。

ラーナは息ができなかった。クリストスはまたもゆっくりと、でも有無を言わさずに彼女を壁に押しつけた。こんなふうに扱われるなんて予想外だ。

夫の両手が肩から首筋をたどって顔を包みこんだ。顎を滑る長い指は切ないほど優しい。

「これからキスをするよ。いいかい？」

ラーナは黙ってうなずいた。唇が重なる。二人の初めてのキスだ。最初はふんわりと軽く触れ、それから彼女の唇に舌を這(は)わせ、せがむように、せかすように彼はキスを深めた。ラーナは息をつこうとあえぎ、一方でさらに深いキスを求めた。

たくましい体をぐいぐい押しつけられて彼女の背

中は壁に密着し、脚の間には硬い高まりが感じられた。驚いたことに、そしてうれしいことに、たった一度キスをしただけで、夫はこれほど私を求め高ぶっている。ラーナはその事実に戸惑い、どうすればいいのかわからなかった。ただ自分を支えるものが欲しい一心で、両手を夫の肩に置いた。

　ところがクリストスはその手を取り、持ちあげて頭の上で壁に押しつけた。万歳をさせられたような姿で、ラーナは呆然と夫を見つめた。彼は体を壁のほうへ傾け、絡めた両手の指先から足の爪先まで、全身をぴったり彼女に重ねた。

　それは心も体も耐えられないほど圧倒的に親密な触れ合いだった。以前のラーナなら、彼に囚われて身動きが取れないと恐怖を感じたかもしれない。でも今はただ包まれていると、むしろ保護され守られていると感じる。その不思議な感覚に衝撃を受けた。彼女が目を閉じると、クリストスは体を重ねたまま優しく腰を揺らし始めた。ゆうべ手のひらを優しく押しつけられたとき同様、ラーナの全身はとろけて、あふれる切望で息遣いが荒くなった。

　意外にも、夫の息遣いはさらに荒い。まさかこんなことになるなんて思いもよらなかった。

　クリストスはラーナの両手を放し、彼女の体に沿って腕を下ろしていき、腰のあたりで止めた。妻に触れることは甘美な歓びであり、苦痛でもある。彼女がどれほど僕を高ぶらせるか、本人に知ってもらいたかった。

　ゆうべはラーナの家の客用寝室で一人、下腹部の苦痛に耐えながら数時間を過ごし、彼女が打ち明けた話について考えた。妻がベッドで主導権を握りたがるのは、過去の恋愛で相手の言うがままに従い、おぞましいぺてん師に辱められ傷つけられたからだ。主導権を握ることでラーナは安心感を得るのだ。それは理解できる。だが足のマッサージをしたとき、僕は一つ一つ彼女の許可を求めて先へ進んだ。にもかかわらず、妻はやはり〝利用された〟と感じた。それは僕にとって納得のいかない非難だった。

そのとき気づいたのだ。ラーナが本当に求めているのは、自分が主導権を握ることではなく、相手が主導権を失う姿を見ることではないかと。かつての恋人はベッドでも冷淡で計算高かったに違いない。妻はそれとは真逆の、理性を失うほど狂おしく本気で自分を求める恋人の姿が見たいのだ。それなら彼女の非難も納得できる。ゆうべの僕は自分の欲望を厳しく抑えていた。足をマッサージしながら、妻に快感を与えることに専念していた。この計画を成功させるには、そうするしかないと信じていたのだ。

しかしそれが間違いだったのかもしれない。だから今夜は別のやり方を試している。クリストスは妻の腰に置いた両手をゆっくりとウエストまで上げた。それにつれてドレスが少しずつずり上がり、黒のストッキングと黒いレースのガーターベルトがあらわになる。たまらなくセクシーな眺めだ。彼が許可を求めるようにさらに体を押しあてると、ラーナは頭をのけぞらせて切なげな声をもらした。彼はその喉にキスをして、背中に手をまわし、ドレスのファスナーを下ろした。服は肩から足元へ滑り落ちた。

クリストスは一歩下がって妻を眺めた。黒いレースのブラジャーと下着。ガーターベルトと薄く透ける黒のストッキング。そしてピンヒール。「魅力的すぎてどうかなりそうだよ」震える吐息とともにつぶやくと、ラーナが弱々しく笑った。

「実は着替える予定だったの。ちゃんと上品なネグリジェを持って——」

「それはあとだ」クリストスはまたキスを始めた。妻の唇から喉へ、そして胸の谷間へと、シルクのようになめらかな肌に唇を滑らせる。両手は二人をつなぎとめるように彼女の腰に当てたままだ。

ラーナが彼の背中に手をまわし、シャツの下へ差し入れた。妻の手がほてった肌に触れただけでクリストスは理性を失いかけ、思わずうめき声がもれた。

ラーナが目を丸くして問いかけるように彼を見た。

「君が欲しくてたまらないんだ。まだ始めたばかりだとわかっているが、正直、あとどれくらいもつか自信がない」認めるのは恥ずかしかったが、それが妻の聞きたい言葉だとわかっていたし、自分の本音でもあった。何しろ今にも爆発しそうなのだ。

「本当？」彼女は頬を紅潮させ、ぼんやり尋ねた。

「本当だ」クリストスは頼りない笑い声をたてて妻の片脚を持ちあげ、自分の腰に巻きつけた。それから開いた脚の間に腰を突き出した。「ほらね」

ラーナは荒い息をついて腰を揺らし、彼を押し返すとささやいた。「先へ……進みましょう」

「よかった」もう少し時間をかけて妻を楽しませるにはあいにくの状況だが、とにかく今は早く彼女の中に入りたい。妻もそれを望んでいるならうれしい。クリストスは彼女の手をズボンのベルトへ導き、かすれ声で言った「外してくれ。頼む」

ラーナは震える手で不器用にベルトを外し、ズボンを下ろした。妻の指が高まりをかすめただけで、彼は自制心を失いかけた。

まだ早い。こらえなくては。

あと少しだけ。クリストスは妻の下着を横にずらし、脈打つ高まりを彼女の秘部に当てた。ラーナが体を弓なりに反らす。あと一秒の辛抱だ。

「いいかい？」

「ええ」

その答えを聞いた瞬間、クリストスは妻の中に体を沈めた。彼女に包みこまれるのを感じ、あえぎ声がもれた。それから二人は響き合って動き始めた。

互いに突いては引くたびに高みへと駆り立てられて

いく。妻が昇りつめたのを感じるまで、彼は待ちたかった。待つべきだとわかっていた。だがそれは、ほぼ不可能に思われた。

彼はもうクライマックスに達しかけていた。体中に震えが走り、息が苦しい。ラーナは彼の腰に片脚を絡ませ、喉元に唇を押しあて、広い背中に両手をせわしなくさまよわせている。

次の瞬間、ラーナが叫び声をあげて、彼を包みこんでいた体を激しくわななかせた。クリストスも極みに達し、すべてを解き放った。えもいわれぬ歓びが全身を満たし、五感を圧倒した。

「ラーナ……ラーナ、ラーナ」彼は繰り返し妻の名をつぶやく自分の声を聞いた。

やがて、実はほんの数秒だったに違いないが何時間にも思えたクライマックスが過ぎて、快感の波は引いていった。あとに残った二人は、髪も服も呼吸もまだ乱れたまま、すっかり満たされていた。


気まずそうな笑みを浮かべて、ラーナはクリストスの腰に巻きつけていた脚を下ろした。それから壁にもたれたままゆっくりとずり落ちていった。

床にぺたんと座ると、彼女はかぶりを振ってくすくす笑い、両膝を胸に引き寄せて額を膝につけた。そんな妻を、クリストスは不安な気持ちで見守っていた。彼の心臓はまだ絶頂の余韻に震えて激しい鼓動を刻んでいる。人生最高の信じられないほどすばらしいクライマックスだった。だが、もし僕のやり方がまずかったのだとしたら？　ラーナをおびえさせ、傷つけたのだとしたら、一生自分を許せない。

「ラーナ……」呼びかけたものの、そのあと何を言えばいいのかわからなかった。

彼女は額を膝につけたまま口を開いた。「まさかこんな……」そこで顔を上げると、頬を赤らめて苦笑いした。「驚いたわ」

クリストスの顔に大きな笑みが広がった。

どうやら、うまくいったようだ。

「確かに、驚いたな」彼は手を差し伸べ、妻を床から立たせた。

「まさかこんな……」ラーナは急いで立ちあがりドレスをつかんだが、着ないで椅子の上に投げた。ブラジャーと下着、そしてガーターベルトだけで歩きまわる妻の姿は病みつきになりそうだ。「こんなに感じたのは初めてよ」率直に言われて、クリストスの胸は喜びと誇らしさでいっぱいになった。だがそれは女性を征服した自分の男らしさを得意がる軽薄なプライドではない。もっと深い根源的な何か——誰もたどり着けなかった彼女の心の奥底に触れることができたという感動と誇らしさだ。

そして一方では、自分のそんな感情を少し恐れてもいる。だが、この感動や誇らしさにいつまでも浸っているつもりはない。ほんのつかの間、クライマックスの余韻を楽しみたいだけだ。

「実は……」クリストスは笑みを浮かべてズボンをはいた。「僕も初めてだった」

「まさか、初めてなわけないでしょう」さりげない口調だが、妻の言葉にはとげがあった。

またそれか。勘弁してほしい。

ラーナは腰に両手を当てて彼の前に立った。ブロンドの髪がもつれて肩に落ちかかり、金色のしなやかな体は黒いレースに包まれて輝いている。「たぶん週二回はしているはずよ。少なくともね」

「ラーナ、本気で言っているのか?」言い争いはしたくない。特に今は絶対に。だが週二回だって?

「別に責めているわけじゃないのよ」そう言われても、なぜか責められている気がする。「ただ……現実的に考えたらわかるじゃない。あなたはセックスが得意だわ。ほら、認めなさいよ。女性のことに詳しいんでしょう」彼女はにっこり笑って肩をすくめた。なんだかあっさり拒絶された感じだ。

　これもまた、ラーナが人と距離を置く手口なのだとクリストスは悟った。賢く振る舞うなら、彼女の拒絶に便乗し、お互い感情面では関わらずに、すばらしい体の関係だけを楽しんで子作りを進めればいい。何しろ僕はセックスが得意らしいから。そして彼女も、たとえ自分では気づいていなくても、やはり得意らしい。

〝お褒めいただきありがとう。では、どれくらい得意か、もう一回確かめさせてあげるよ〟それが、今この場で言うべきせりふだ。ところが口を突いて出たのは、そんな軽い冗談ではなかった。

　彼はシャツをズボンの中にたくしこみ、皮肉っぽくというよりは無造作に言った。「実際、僕はセックスが得意かもしれない。だが今夜は三年ぶりの行為だったんだ」

9

　ラーナは笑おうとしたが、夫の真剣な顔を見て、笑みが消えた。とても信じられず、呆然とし、半信半疑で、でも希望もわいてくる。さまざまな感情がごちゃ混ぜになって処理しきれない。

「なんですって？　じょ……」冗談でしょうと言いかけて、彼の厳粛な表情を目にして、言葉をのんだ。

「冗談ではないよ」クリストスはいつもの愛想のいい口調で応じたが、なんとなく不安そうで身構えている感じだ。「まあ、確かに試してみなかったわけではないが。少なくとも、最初のうちは」

　ラーナは眉をひそめた。「それは、具体的にはどういう意味なのかしら？」

　夫は肩をすくめて寝室へ向かい、アイスバケットからシャンパンのボトルを取り出した。ラーナは自分がまだ下着姿だったと気づいて、浴室のドアにかかっていた分厚いふかふかのバスローブをはおった。

「クリストス？」夫が質問に答える気配がないので、彼女は促した。

「最初にこの契約結婚を決めたときには」彼は開けようとしているシャンパンのコルクを見つめたまま、用心深く話し始めた。「君の提案どおり……浮気をするつもりだった。あくまでも慎重に、ごく短期間の情事をね。そういう契約だったし君からも勧められた以上、妥当な行為に思えた。僕自身の倫理観にも反していなかった」

　やはり私の予想どおりだったのね。ラーナは腕組みして話の続きを待った。クリストスはコルク栓を器用に抜いて、泡があふれないよう中身を二脚の細長いグラスの縁まで巧みにつぎ分けた。

「お見事だわ」ラーナはつぶやいた。

　クリストスはちらりとセクシーな笑みを投げて一方のグラスを彼女に渡した。「僕たちに乾杯」

「私たちに乾杯」ラーナはグラスを合わせ、いつの私たちに乾杯するのだろうといぶかった。契約結婚した三年前？　新たな契約を結んだ今？　それとも、すばらしいセックスをした今夜の私たちに？　彼女はシャンパンをひと口飲んでからきいた。「あなたは……浮気をしようとした。それで、どうなったの？」本当は詳細を想像したくもなかったけれども。

　クリストスは顔をしかめた。「細かい話をして恥をかくつもりはないよ。事は計画どおりに運ばなかった、とだけ言っておこうか」

「それはどういう意味？」

　彼の顔は険しさを増したが、なんとかユーモアを交えて語ろうとしているようだ。「お相手のレディを失望させた、とだけ言っておこう」

「それって、私が思っているとおりの意味？」喉から笑いがあふれてきて、ラーナは自分でも驚いた。

　夫は肩をすくめた。「幸い、そのレディは事態を彼女個人に対する侮辱とは受け取らなかった」

「とても信じられないわ。あなたが――」

「僕も信じられなかったよ。もう二度とあんな状況に身を置くつもりはない。そして」彼は目をきらめかせてラーナを見つめた。「つい先ほど起きたことを考えれば、もうそれはないと思う」

　シャンパンの泡がはじけるように、彼女の胸の中でも喜びがはじけた。クリストスがそんなにも自分を求めてくれたという事実は心酔わせる媚薬だった。これまで男性との関係では、自分が求められているとか、相手の情熱をかき立てる力があるとか感じたことはなかった。特にアンソニーとの関係では。でも今はアンソニーのことなど考えたくない。

「最初の失敗以降も試してはみたんでしょう？」それを考えるとラーナは嫌でたまらなかった。

「いいや、あんな体験は一度でたくさんだった。いずれにしろ、あれで……自分が結婚の誓いを思いのほか真剣にとらえていたと気づいたんだ」

　ラーナはまたひと口シャンパンを飲んだ。夫の告白に深く心を動かされていた。うれしいだけでなく戸惑ってもいる。クリストスはあとくされのないセックスの達人だったはずなのに、形だけの結婚の誓いを守るために三年間禁欲していたのだ。結婚当時の二人は互いをろくに知りもしなかったのに。そこには単なる契約結婚ではない、なんらかの感情があったように思える。

「なんと言えばいいのかわからないわ。考えてもみなかった。まさかあなたがそんな……」

「わかってる。誤解のないように言うと、過去三年間について、君にも結婚の誓いを守ってほしかったなどとは思っていないよ。ただし、今後の結婚生活はまったく別の話だ」

　彼が正直に話してくれた以上、私も正直に話すべきだとラーナは思った。というか、そんな気持ちになるとは驚きだったが、ぜひ話したかった。「クリストス、この件で勝負したいなら大差をつけて私の勝ちよ。何しろ今夜は九年ぶりだったんですもの」

彼女はごくりとつばをのみ、バスローブの紐をもてあそんだ。「まあ、私の反応を見て、すでに見当がついていたでしょうけど」

「ああ。ひょっとして、とは思ったよ」つかの間、彼はうつむいて何か考えこんだ。少し悲しそうにも見えた。だがやがて顔を上げると、笑みが広がり、目がユーモアたっぷりにきらめいた。「まったく僕たちは大した夫婦だな。多くの時間を無駄にしてきたのは明らかだ。これから取り戻さないと」

　ラーナは知らず知らず笑みを返していた。安心したというより、なんだかうれしくてぼうっとする。

「ええ、取り戻さなきゃね」

　クリストスは二人の間の距離を二歩で詰めて、バスローブの紐をそっと引いた。紐がほどけてローブが床に落ちる。夫の両手が細いウエストを滑り、大きな手のひらがぴったり押しあてられると、ラーナの体は彼のほうへ傾いた。結び合ったばかりの体はまだぐったりしている。でも思いがけず、また渇望がよみがえってきた。彼もまた準備万全のようだ。

「今回は、あなたも服を脱ぐのかしら?」ラーナが茶化すと、クリストスは眉を上げた。

「君が脱がせてくれるならね」

「なんとかできると思うわ」彼女は震える指でシャツのボタンを外し始めた。わくわくするけれど不安も感じる。体の親密さと心は切り離せないから。それはとっくにわかっていたけれど、否定しようとしてきた。自分自身とクリストスのために。でもこうして夫の前に立っていると、もう否定できない。ラーナはシャツの前を開き、胸板の見事な筋肉に手を這わせた。彼は自分でシャツを脱ぎ捨てた。その瞳は欲望に陰り、呼吸がまた乱れ始めている。

「君のせいでどうかなりそうだよ」クリストスは低いかすれ声でつぶやいた。

「私も、あなたのせいでどうかなりそうよ」ラーナはささやき返して指先で夫の肋骨をたどり、さらに下へと手を進めようとした。クリストスは息をのんで彼女の手をつかみ、その場に押しとどめた。

「君のせいで本当にどうかなってしまう」夫はつかんだラーナの手を胸板へ戻すと、彼女の胸を両手で包んでふくらみの先端を親指ではじいた。ラーナは思わずあえいだ。「そして、君が僕のせいでどうかなりそうなのがうれしい」

互いのそんな気持ちを口に出しても問題はない。二人ともそう感じて打ち明け合ったが、本当は危険だとラーナにはわかっていた。この体の関係には、すでに多くの感情が絡んでいる。互いに相手に自分を見せすぎた。裸体だけでなく心の中までも。だが今さら後戻りはできないし、したいとも思わない。クリストスに触れられるとあまりにも心地よくて、もう彼との体の関係なしには生きていけそうにない。

でも彼と感情的に結びつくのは、ベッドの中だけに限定できるはずよ。二度と互いの過去を打ち明け合ったり、不安や心の傷や夢や願望を語り合ったりしない。もちろん、互いを必要としたり頼ったりもしない。ラーナは固く決意した。

そうすれば自分の心の根幹部分は安全に守れるはず。かつてのような悲劇は防げるはずだ。〝話を聞いて、私を愛して〟とすがりついたとき、アンソニーの顔に浮かんだせせら笑いを思い出すと……あんな屈辱は二度と味わうものですか。絶対に。

「ラーナ」クリストスが彼女の顔を両手で挟んだ。「いったい何を考えているんだ？　急にすごく怖い顔になったぞ」

夫の声も表情も胸が痛くなるほど優しかった。だからたった今した決意にもかかわらず、つい口が滑った。「今回が過去の体験と全然違うと考えていたの。違いすぎて本当のこととは思えないと」

クリストスは瞳を曇らせ、両手で包みこんだ顔をあやすようにそっと揺らした。「僕は決して君を傷つけたりしないよ」

「わかってるわ」そして、さらに正直に言わずにいられなかった。「そんなこと、私がさせないもの」

夫は彼女をしばらくまじまじと見てから、長く濃厚なキスをした。そしてラーナはキスに身をゆだねた。とにかくそれは難なくできることだったから。

〝そんなこと、私がさせないもの〟

その言葉がキスにおぼれていくクリストスの心にこだました。たぶんラーナは自分自身に言い聞かせるために言ったのだろう。だが彼にとっては引っかかる言葉だった。何かをさせるかさせないか、その境を決めるのは誰でもない、僕じゃないのか？

それから二人はベッドへ行き、クリストスはもうそのことは考えるなと自分に命じた。彼は妻のブラジャーのホックを外し、差し出された美しい胸を満喫した。すばらしいものがほかにもたくさんあるのだ。くだらないことを考えている暇はない。

一時間後、二人はすっかり満たされ、手足を絡め合ってまどろんでいた。ラーナの頭はクリストスの肩に、頬は胸板に押しあてられている。ここここそ妻にいてほしい場所だ、と彼は悟った。そして二人の荒い息が静まるのを待つ間、ストロベリーブロンドの長い髪をもてあそんでいた。

先ほどの初めての行為が衝撃だったなら、今回はさらなる衝撃だった。ベッドでゆったりと時間をかけた分、体だけでなく心まで揺り動かされた。

　クリストスはその感情に不安を覚えた。ラーナには、ほかの女性には感じたことのない何かを感じる。ともに過ごすたびに、自分の心の一部を妻に差し出しているような気がする。そうするつもりはないのに、なぜかそうなってしまう。彼女が僕の心のかけらを受け取ったかどうかはわからない。差し出されたことに気づいてさえいないかもしれない。

〝そんなこと、私がさせないもの〟

　ラーナ自身は心に鍵をかけてしまいこんでおくつもりなのだ。心以外のすべてを僕に差し出したとしても。一方僕は、自分の心を進んで差し出しかねない。だが今は、それでもかまわないと思う。今この瞬間があまりに幸せだから。

「子供ができたと思うかい？」そう尋ねると、ラーナは眠そうに笑った。

「できたとしたら、ずいぶん早業ね」

「だが可能性はあるだろう？」

「ええ」答える声が幸せそうだ。クリストスはそれがとてもうれしかった。

「ここに、もう小さな赤ん坊がいるかもしれないわけだ」妻の平らなお腹（なか）に手を当てて指を大きく広げると、また欲望のさざ波が彼の内に広がった。

「事はそんなに早く進まないと思うけど」

「受精にはどれくらいかかるんだい？」

　ラーナは心底楽しそうに笑った。「知らないわよ。調べてみましょうか」

　彼女はベッドを出て、バッグから携帯電話を取り出した。クリストスは早くベッドに戻ってきてほしくてたまらなかったが、無頓着を装って伸びをした。

「精子が卵子にたどり着くまでに最大四十五分かかるそうよ」戻ってきたラーナはインターネットの画面に目を凝らしつつ、すばやくベッドにもぐりこんだ。クリストスが抱き寄せると、妻は彼の肩に頭をもたせかけた。すべてが自然で正しい流れだ。そして彼女の頭は僕の肩に心地よく収まっている。「その後、二十四時間以内に受精が完了する。つまり、まだ赤ちゃんにはなっていないということね」

「まだか」

「そして受精と同時にその子の遺伝子構造が完成するんですって」ラーナは携帯電話を脇に置いた。「すごいと思わない？　明日には、ちっちゃな赤ちゃんがいるかもしれないなんて。遺伝子も何もかも完成して、あとは成長するだけなのよ」

「一部は君、一部は僕だ」彼女がくすくす笑い、その吐息が胸をくすぐった。

「正確には、あなたと私、五十パーセントずつよ」

「細かいことにこだわりすぎだ」彼がからかうと、ラーナが顔を上向けた。キスの催促に違いない。軽く唇を触れ合わせるだけのつもりが、なぜか長く濃厚なキスになり、クリストスは妻の肩を抱き、妻の手は誘うように彼の下半身へ向かった。

「ラーナ」彼はうめいた。

「何かしら？」彼女は何くわぬ顔で夫を見た。

「わかっているだろう」

ラーナは手をさらに下のほうへ滑らせてささやいた。「万一、最初の二回が成功していないときのためよ」手がたどった道を今度は唇がたどっていく。そして彼は目を閉じて至福の時間に身をゆだねた。

二人は一糸まとわぬ姿でベッドに座ったままシャンパンを飲み終え、ルームサービスのロブスターサラダとロールパン、甘くてジューシーな苺のチョコレートがけを食べた。クリストスは、前回これほどリラックスできたのはいつだか思い出せなかった。今は自分自身とも、隣にいる女性とも、この世界とも、気楽に身構えずに向き合える気がする。

結局、この結婚は実に名案だったのだ。口には出さないが、ラーナもそう考えているようだ。妻は枕とシーツの上に無造作に足を投げ出し、汁が垂れるのもかまわずに苺にかぶりついている。長い髪は波打って肩に広がっていた。

こんな姿の彼女が好きだ、とクリストスは気づいた。今の姿に比べたら、普段の彼女はどれほど緊張し自制していることか。完璧にセットされたストレートヘアから足元のピンヒールまで、すべては世界に立ち向かい、征服するためのよろいなのだ。

だがよろいをつけているなら、その下には外敵から守るべき何かがあるはずだ。ラーナはすでに自分の弱みを渋々ながらも多少は見せてくれた。彼女は世間に見せているイメージどおりの、自信満々で意志堅固な、さっそうと輝くキャリアウーマンではないのだ。そして僕はそのことを知っている。

「これから十二時間は眠れるわ」ラーナはけだるそうに伸びをした。「幸い、次の会議は明日の十二時からなの」彼女は猫のような笑みを見せてベッドから立ちあがり、食器を片づけ始めた。

一瞬遅れて、クリストスも手を貸そうと立ちあがった。頭の中をさまざまな考えが駆けめぐっている。今まで感じていたくつろいだ満足感は徐々に消えていき、あとには冷たくつらい現実が残った。

二人の結婚は名案だったかもしれない。だがすでに非常に厄介な状況に陥っている。頭と心を無事に保ちたいなら、今後自分がどう振る舞うべきかよく考えなくてはいけない。

しばらくして寝支度を始めたときにも、クリストスはまだ考えていた。ラーナはここへ来たときに話していた上品なシルクのネグリジェに着替えた。彼はそれを脱がせたかったが、妻はすでに礼儀作法にこだわるいつもの堅物に戻っていた。二人の短いハネムーンは終わったらしい。

「おやすみなさい」ラーナは彼の頬に軽くキスをし

た。まるで結婚五十年の老夫婦のようだ。

クリストスは不満げなうなり声をもらすと、妻のうなじに手をまわして自分の思いどおりのキス――ゆっくりと長く濃密なキスをした。「おやすみ」

つかの間、ラーナは動揺したように見えたが、ほほ笑んで明かりを消した。

クリストスは頭の後ろに手をあてがい、あおむけに横たわった。楽しい運動で疲れているのに眠れそうにない。千々に乱れた気持ちを整理したい。

母だけでなく三人の妹たちまで失望させて以来、彼は感情というものを避けてきた。他人の気持ちにどう対処すればいいかわからず、過去にしたように、最悪な形で相手を失望させそうで怖いのだ。

瀕死(ひんし)の母の顔に浮かんだ苦悶(くもん)の表情は一生忘れられないだろう。〝クリストス、お願いだから顔を見せてちょうだい。最後にもう一度だけ、あなたを抱きしめて、さようならを言いたいの〟

クリストスは黙ってその場から立ち去った。そんな息子を母はどう思っただろう？　あの苦悶の瞬間に何を感じただろう？　数時間後、母は亡くなり、言う機会を失った言葉がたくさん残された。

〝ごめんなさい。母さんが恋しい。愛してるよ〟

その言葉が、決して完治しない癌(がん)のように彼をむしばむ。同じ失敗を繰り返したくない。そして思いついたのが、これらの言葉を二度と言う必要がないよう、人と距離を置くことだった。誰からも愛されず必要とされなければ、誰も失望させずにすむ。

クリストスは横を向いて、すでに眠りに落ちたラーナを見た。金色の髪を枕に広げ、深く規則正しい呼吸に胸を上下させる妻は天使のようだ。

ラーナを失望させたくない。だが……かつてと同じく、やむをえずそうなるかもしれない。

10

「つまり、あなたは変身する必要があると」

　ラーナはデスクの上で両手を組み、目の前の若きＩＴの天才をじっと見た。アルバートの紹介で現れた三十代の男性は、内気でぎこちなく口ごもりがち。ずり落ちてくる眼鏡を人さし指で押しあげては、おどおどとまばたきをする。彼が開発したアプリは大ヒットの兆しを見せており、本人もそれにふさわしいイメージが必要というわけだ。

「うん、そういう作戦なんだ」オタク系の男性――ジャック・フィリップスは、ちらりと頼りなげな笑みを見せた。「君が名声を得る手助けをしてくれるって、アルバートに言われてね」

「まあ、そのために広報コンサルタントはいますから」ラーナは笑みを返した。「御社はまだ新しいですが、すでにかなり評判になっています。そこで、さらにＳＮＳなどインターネットを活用して知名度を上げるキャンペーンを展開しましょう。個人的な要素も大切です。たとえば、新聞の文化欄にあなたの人物像がわかる記事を載せてもらうとか」

「ああ、それはうまくいかないかも」ジャックは顔をしかめた。「僕の人生はすごく退屈なんだ」

「大丈夫。いくらでも面白くできます」顧客の人生や人となりを世間が望むように形作る手助けをすること。それが私の仕事だ。それは私が自分のためにしてきたことでもある。二十三歳でアンソニーと別れ、職務研修を受けた会社を辞め、もっと強くもっと優秀な自分になろうと決意して以来ずっと。同じことをこの男性のためにしてあげられるわ。

　理解できないというように、ジャックがまた顔をしかめた。「どうやって面白くするんだい？」

「あなたの生い立ちやものの見方をヒントにして」

「僕はニュージャージー州出身で、保険外交員の父と、専業主婦の母の三男として育った」彼は眉を上げた。「これが、どうすれば面白くなるんだ？」

「どんなことでも面白くなります」

ラーナは請け合った。顧客の公開プロフィールを最大の効果を上げるよう工夫して作成すること。自分の仕事のそこが好きなのだ。事実を偽ったり誇張したりはしない。顧客から聞いた話を細部まで記憶し、どの部分を使うか賢く慎重に選ぶだけ。もし有力紙で特集記事を組んでもらえるよう手配できたら、ジャックをどう見せるか慎重に検討するつもりだ。

「IT業界の天才児は掃いて捨てるほどいます。ですから何か別の切り口を見つけないと。少し謎めいた不可解な部分があるとか」

「だけど僕はまったく謎めいてなんかいないよ」

ラーナは笑った。「ジャック、私に任せてください。二、三日中に初案をまとめてご連絡します」

まだ半信半疑な様子ながらも、ジャックは礼を言って役員室から出ていった。ラーナは窓辺へ向かい、ロックフェラーセンター前の広場をぼんやり見おろした。クリストスと新たな結婚契約を結んでから二週間近く経つ。正確には明日で二週間だ。だから期待と不安で胃が締めつけられている。もしも奇跡的に最初の試みで妊娠していたら、明日の妊娠検査でそれがわかるのだ。

最初の夜に夫と受精や遺伝子の話をしたとき、小さな細胞の塊が自分に宿ったかもしれないと思うと切ないあこがれで胸がいっぱいになった。赤ちゃんが欲しい。クリストスとの本物の結婚生活を経験した今、その思いはさらに強くなった。

率直に言って、この二週間は信じられないほどすばらしかった。昼間は相変わらず仕事で忙しいが、夜は夫とベッドで過ごし、それまでは存在さえ知らなかった歓びを知り、彼と自分の体についてさまざまなことを新たに楽しく学んだ。

だがすばらしいのは夜の営みだけではない。ソファに座り夫の膝に足をのせてメールの返事を打つ時間や、シャワーから出て鏡の中で彼がウインクするのを見る瞬間や、冷えた白ワインを飲みながら二人でその日の仕事について語り合うのも心地いい。

でも、それだけだ。心のこもった会話を交わしたり、個人的な秘密を打ち明け合ったりはしていない。確かに、ベッドでの営みには互いの気持ちが、少なくとも親密さが感じられる。ほかの誰よりもクリストスと強い絆を感じる。とはいっても、自分をあらわにしたという感覚が寝室にとどまっている限り、問題はない。私は大丈夫なはずだ。

それに実際、すべてはうまくいっている。男女がベッドで親密に過ごすとはどういうことかを教えてくれた夫には感謝しかない。アンソニーから教わったのは、羞恥心と罪悪感で震えあがるようなことばかりだった。アンソニーにとってセックスは私を支配し辱めるための道具だったが、クリストスにとっては歓びを分かち合い探求する楽しい行為なのだ。

そのことを繰り返し教えてくれた夫には本当に感謝しているし、自分がその方面で成長できたことがうれしい。ただし、まだ心を危険にさらす気にはなれなかった。誰かを愛し、心を開いて迎え入れ、その人に私を辱め傷つける力を与えるつもりはない。

クリストスにはその力があるとすでに感じている。だからこそ〝そんなこと、私がさせないもの〟と言ったのだし、その言葉を守っているのだ。これからも守り続ける限り私の心は無事だ。そして、この結婚はすばらしいものであり続けるだろう。

ラーナは長くゆっくりと息を吐き、笑みを浮かべて窓に背を向けた。次の面談の準備をしなくては。

その日の夕方六時、ラーナは足取りも軽く家へ向かった。以前は空虚に感じられた家へ帰るのがこれほどうれしくなるなんてびっくりだ。自分一人でくつろげる空間はもともと気に入っていたし、その意味では天国だったが、一緒にくつろぐ誰かがいるともっと居心地がいいと気づき始めたところだ。

一人でスウェットパンツに着替えてくつろぐより、そんな姿をセクシーできれいだと思って眺めてくれる夫がいるほうがずっといい。しかし彼女はその事実を深く考えないようにしていた。何事も深く追究せず表面をなでるだけ。そしてクリストスもきっと同じだろう。彼も深い感情的な関わりを避けている。二人には今の結婚生活が合っている。私が望んでいたのは、まさにこんな生活だ。すべてがこの上なくすばらしい。

それならなぜ、時折かすかな不安や焦燥感を覚えるのだろう？　ラーナはその疑問にこだわらないことにした。ただ、このすべてがすばらしい結婚生活を楽しみたい。それ以上深くは考えたくない。

「おかえり、美しい人」クリストスは彼女を笑顔で出迎え、玄関でキスをした。夫はこの褐色砂岩の家にすっかりなじんでおり、ラーナはそれがうれしかった。彼が持ってきたのは服とノート型パソコンと数冊の本だけだが、彼の持ち物が部屋に散らばっているのを見ると心が安らぐ。ソーホーの鉄とガラスでできたロフトつきアパートメントが恋しくないかと尋ねると、夫は肩をすくめて、別々の家に住んで子供を育てることはできないと答えた。

本当はできなくはないが、そうはしないと二人で決めたのだ。そんな自分たちはどうかしているのでは、とラーナは時折思う。ごく普通に見える結婚生活を送りながら、いっさいの感情的関わりを避けている。このあやふやな関係がある日突然二人の目の前で崩壊したら、いったいどうなるのだろう?

「ただいま」彼女は応えて、いつもどおりピンヒールを脱いで満足のため息をもらした。「今日のお仕事はうまくいった?」

「まあまあだ。百万ドルほど稼いだ」

「たった百万ドル?」それは別居結婚時代から、二人がたまに会うと交わしてきたジョークだった。

ラーナはキッチンへ向かい、夫の顔に浮かぶ真剣な期待の表情に気づいた。「どうかしたの?」

「君のためにあるものを買った。厳密に言うと、僕たちのためだが。わかるだろう?」

「いいえ、わからないわ」くつろいだ気分はたちまち緊張と不安に変わった。「いったいなんの話?」

「これだよ」クリストスはジャケットのポケットから細長い箱を取り出した。

ラーナは少しの間理解できずに見ていたが、やがてそれが何かわかった。

妊娠検査キットだ。

クリストスは妻の顔から血の気が引いていくのを見守った。僕は何か大きな間違いを犯したのだろうか。ただの検査キットなのに、彼女は蛇を差し出されたかのようにおびえている。

「ラーナ?」

「まだ二週間経っていないわ」

「ああ、明日で二週間だ。だが排卵後十日目から検査可能と箱に書いてあった」彼は笑みを浮かべようとしたができなかった。ラーナは相変わらず青ざめた顔で目を見開いて箱を見ている。

「あなたは本当に子供が欲しいのね」彼女は独り言のように静かにつぶやいた。

「二人とも欲しいはずだろう。少なくとも僕はそう思っていたが。だから協力したかっただけだよ」

彼を見あげた妻の頬に少し赤みが戻った。「わかってるわ。ごめんなさい。ただ面食らっただけなの。まさかあなたが指折り数えて待っていたなんて」

クリストスは顔をしかめた。別に指折り数えてはいない。「期待して待ってはいけなかったかい？」

「いえ、そんな」なんだか自信なげな声だ。どうやら危険な領域へ足を踏み入れたらしい。これはただの検査。妊娠を確かめる方便にすぎないのに。

もっともいったん検査をすれば、結果しだいではすべてが変わるかもしれない。「今すぐ試さなくてもいい。取っておいて好きなときに……」

「本気で言っているの？　そんなに待てる？」彼を見るラーナの目にユーモアがきらめき、その瞳を日差し降り注ぐ海の色に染めた。「今すぐ試すわ」彼女は箱を受け取った。「一瞬おじけづいただけ。だって……これで現実になるわけでしょう？」

「それは検査結果しだいさ」

「そういう意味じゃないの。今回の結果が陽性だろうと陰性だろうと、私たちは子供を持つという選択をした。その道を進むと決めたのよ」

クリストスは口ごもった。彼女の言いたいことはよくわかる。これは単なる現実ではない。重大な現実なのだ。ところがなぜかここ二週間、新生活をすっかり楽しんでいたので、これが真剣勝負だということを、二人の人生がかかっているということを忘れていた。そしてもしラーナが本当に僕たちの子を妊娠していれば……危険度はさらに増す。

ラーナを失望させる危険だけでなく、生まれる子供まで失望させる危険があるのだ。なぜこの危険を事前にきちんと考慮しなかったのだろう？

なぜなら、考慮したくなかったからだ。そして危険を自覚した今も、やはり子供が、妻が、家族が欲しいと思う。そしてただ誰も失望させたくないと願うばかりだ。

「さあ、行くわよ」ラーナはわざと苦笑してみせたが、不安なのがわかった。「では三分後に会いましょう」そして彼女は廊下へ消えた。

クリストスは居間を歩きまわった。三分間がこれほど長く感じられるとは驚きだ。こういう決定的な瞬間は苦手だった。もし陰性とわかって戻ってきたら、ラーナはショックを受けているかもしれない。そして僕は人を慰めるのも苦手なのだ。

〝お願いだから帰ってきて。兄さんが必要なの〟

ノート型パソコンの画面に映る末の妹タリアの顔が目に浮かんだ。僕は彼女の悲しみや切望に対処できずにビデオ通話を終わらせた。そして次に……長妹のクリスティーナからタリアが病院に救急搬送されたと電話があった。あのときのむなしさを二度と感じたくない。自分は愛する人を最悪の形で失望させてしまった冷酷な怪物だ。タリアは許すと言ってくれたが、僕は自分を許せない。

今度こそ、もっとうまくやろう。クリストスは心に誓った。一方、もし結果が陽性だったら……。

心臓が跳びはねたが、それが期待なのか恐怖なのかはっきりしない。やはり子作りに同意する前によく考えるべきだったのだ。

しかし、いくら考えても結局はこうなっただろう。ここ二週間は本当に楽しかったから。もちろん夜の営みはうっとりするほどすばらしかったが、日常のちょっとしたひとときにも心が和んだ。朝目覚めて、ラーナがまだ僕の腕の中でまどろんでいたとき。昼オフィスで、不意に妻から滑稽な動画が送られてきて思わずほほ笑んだとき。彼女には、隠されているが、僕に負けないユーモアのセンスがあるのだ。

この結婚には楽しいことがたくさんある。赤ん坊が生まれれば、もっと楽しくなるはずだろう？

ドアが開き、クリストスはさっと振り返った。自分がどちらの結果を望んでいるのかわからない。赤ん坊の誕生はすばらしいが、しばらくこのまま二人の日々を送るのも悪くない。ラーナはどちらを望んでいるのだろう。すべてがあまりに早く進みすぎた。一カ月前には、妻は自分の早期閉経のことさえ知らず、子供が欲しいと考えてすらいなかった。

もし結果が陰性なら、二人にとってそのほうがい い。ひと息ついて、よく考える時間ができ……。

「クリストス?」低くためらいがちな声がした。妻が手に持つスティックの小さな判定窓が、彼には見えない。線は一本か、それとも二本だろうか?

「わかったかい?」もちろんわかったはずだが、彼女のあいまいな表情からはどちらとも判断できない。ラーナは少し不安そうにも、期待しているようにも見える。「どっちだい?」

「陽性よ」彼女がスティックを差し出した。薄いピンク色のラインが二本見える。「妊娠したわ」

11

「これはどうかな」

「とてもいいですよ。本当に」ラーナは安心させようと、ジャック・フィリップスに明るい笑みを投げた。彼女の会社の会議室で、ジャックは姿見に映る自分をけげんそうに眺めている。ラーナが手配して一流の生活雑誌にインタビュー記事を載せてもらうことになり、スーツを試着しているところだ。インタビューはジャックにとってもラーナにとっても大仕事で、彼はその場で正しいイメージ——毅然(きぜん)とした自信満々の経営者という印象を与えなければならない。ロイヤルブルーのシルクのしゃれたスーツは、たとえ彼が違和感を覚えたとしても、その目的にぴったりなのだ。内気なオタク系の男性にとって、私が用意した粋で魅力的な新しい自分に変身することが難しいのはわかっている。でも、できるはずだ。私の手助けがあれば。

二十一歳のとき、極貧の苦学生から洗練された自信満々の社会人に変身するために、私自身同じことをした。そして二年後にアンソニーと別れてからは、傷つけられることのない強い女性に、大股で世界を闊歩しピンヒールで男性を踏みつける女性になろうと決めた。洗練されて魅力的だが、毅然として少しよそよそしい女性を目指し、それを成し遂げた。少なくとも外見上は自分を変えた。過去から完全には逃れられないので内面まで変えることは難しいが、とにかく外面の変身には成功した。ジャック・フィリップスにも同じことができるはずだ。

「さて」ラーナは両手を腰に当てて彼にほほ笑みかけた。「どうです？　それでよさそうですか？」

「まあ、君がいいと言うなら」ジャックはようやく答えた。「だけど普段はこんな服は着ないよ」

「知ってます」彼に任せておいたら、非常に重要なインタビューにぼろぼろのTシャツと汚れたジーンズで臨んだだろう。だからこそ、ほかの多くの顧客同様、彼も私を雇ったのだ。自己像を作り替えて完璧にするために。

かつての私は自分の仕事に大きな意義を感じ、満足感を覚えていた。誰でも別の自分になりたいという願望に人生と心を支配されることがあるのだ。ただ、最近はほんの少し疑問を感じ始めている。私は本当に顧客を変身させたいのだろうか。人生は本当にイメージがすべてなのだろうか、と。

その疑問を抱き始めたのは、クリストスに出会ってからだ。彼とベッドをともにして一カ月前に妊娠がわかってからは、特にその疑問に悩まされている。自分は変わらないと信じて夫と体の関係を持ち、妊娠した。ところがそんな人生の節目となる出来事は、当然ながら私を変えずにはおかなかった。

でもジャックの場合は……単にスーツを着るか着ないかを話し合っているだけじゃない。

「それでは、このスーツでいいですね？」

ジャックはうなずいたが百パーセント納得したようには見えない。でもなんとか説得できるだろう。

面談を終えて、ラーナは役員室へ戻った。デスクの上にミシェルが置いてくれたショウガのハーブティーがありがたい。夫以外に妊娠を打ち明けたのはミシェルだけだ。もっとも、十日前につわりが始まってからは隠しておくのは難しかったが。思いやり深いアシスタントは、ラーナが会議の最中にいきなり席を立っても、役員室のデスクで十五分間の仮眠を取っても、まばたき一つしなかった。

クリストスもとことん優しい。毎日ちょっとしたおみやげを持って帰宅する。ラーナが食べたいと言った昔ながらの塩味のクラッカーとか、暖かい靴下とか、妊娠のつらさを和らげるものならなんでもだ。夫には文句のつけようがない。ただ……それでもかすかな不安を感じる。無視しようとしてもできない。最初に感じたのは彼に妊娠を告げたときだ。クリストスは私を抱きしめてキスをした。でもあのとき、二人の間に紙のように薄い、目に見えない壁ができたのだ。いつどの場面で壁に気づいたか、具体的には答えられない。それでも壁は確かにある。

たとえば、夫が口を開く前に少しためらうとき。私にほほ笑みかけながら、目は別の何かを、あるいは彼自身の心の中をのぞいているように思えるとき。私を抱き寄せ、体を愛撫（あいぶ）していても、気持ちを抑え、心を隠しているように感じられるとき。だから私は、体はすっかり満たされてもなぜか心はむなしさを覚え、もっと何かが欲しくなるのだ。

そんなふうに感じるのはばかげているし神経質す

ぎる。妄想に駆られているのかもしれないわ。ラーナは自分にそう言い聞かせ続けた。ところがまた夫の態度を見て、やはり妄想ではないと思い直す。やがて彼女は、変わったのはクリストスではなく自分かもしれないと悟った。妊娠して夫と一緒に暮らすようになって私は変わった。だから以前は気づかなかった夫のよそよそしさに気づいたのだ。以前は自分も壁を築いていたから夫の壁の存在が気にならなかっただけなのだ。

感情を抑え、心を隠しておくこと。そうすれば傷つかずにすむ。相手にあなたを傷つける力を与えずにすむから。

アンソニーと別れて以来、それが私のモットーだった。アンソニーに身も心もすべてを与えたと感じていたが、今になってみると本当に彼を愛していたかどうかは疑問だ。愛していると信じ、彼に私を傷つける力を与えたのは間違いないけれど。十歳年上の広告担当の重役に魅了されてしまったのだ。彼は私を自分の世界の中心に置いたように見えた。誰からも注目されたことのない、華やかな世界を知らない田舎出の若い娘を豪勢にもてなした。それから数えきれないほどの屈辱を与えた。私の体と心をむき出しにして一番弱い部分を容赦なく嘲り、男を喜ばせることができないとベッドでの振る舞いをけなした。私は検査試料のようにさんざん品定めされたあげくに、虫けらのようにひねりつぶされたのだ。当時はそれが愛だと思っていた。だが今になって、違うとわかった。あれは愛とは似ても似つかない。

では、今のこの気持ちは愛なのかしら?

ここ数週間、いくら無視しようとしても、その疑問にしつこく悩まされていた。帰宅前の今も、クリストスとのんびり過ごす週末を楽しみにすることで、厄介な疑問を忘れようと努めている。夫婦で一緒に何をするかに集中して、そのときどう感じるかは考えないほうが楽だ。正直に言えば、愛かどうかは問題ではない。愛はただの言葉にすぎない。私が不安なのは、夫が私を思う以上に自分が彼を思っているのでは、という点だ。そんな気がしてならない。そしてそれが嫌でたまらなかった。

ラーナは六時過ぎに家に着き、クリストスがもう帰っているのを見て驚いた。すでにチノパンツと襟の開いたシャツに着替えており、淡いグリーンのシャツが瞳の緑色を引き立て、まるで目の中でヒスイがきらめいているかのようだ。彼はキッチンの食器棚の前で顔をしかめていた。

「君のために何か作ろうと思ったが、何が食べたいのかさっぱりわからないと気づいたところだよ」

「私自身、さっぱりわからないわ」ラーナはほほ笑んだ。冗談を言ったわけではない。つわりが始まってから、食べたいものがしょっちゅう変わる。食べ物をいっさい受けつけないときもある。かかりつけ医によれば、この症状はいずれ治まるそうだが。そしてつわりは、お腹の子が健康で順調に育っている証拠らしい。もうすぐ最初の超音波検査を受けることになっていて、すでに待ちきれない思いだ。

「何か注文しようか？」クリストスは各店のデリバリーメニューが入った引き出しを開けた。夫は彼女を見ようとしない。帰宅後、一度も目を合わせていない。そしてラーナはまた壁を感じた。でもそれだけで彼を非難はできない。何をどう尋ねればいいのか、そもそも答えを聞きたいのかもわからない。

「ええ、何か頼みましょう。まず着替えてくるわ」

「その前に……」夫の声には久しぶりに聞く重々しさがあった。ラーナの足がぴたりと止まり、心臓が高鳴り始めた。彼は気が変わったと、もうこの結婚も夫婦一緒の子育てもやめたいと言うつもり？ その衝撃に備えて彼女は身構えた。いつかこうなるという予感はあった。でも覚悟はできていない。

「あら、何?」ラーナはあえて気軽な口調できいた。

　例によってクリストスは答える前に少しためらった。「妹の一人から連絡があってね。家族には君の妊娠のことをまだ知らせていなかったんだが、いい機会だから知らせようかと思う。それと、君を家族に会わせたほうがいいかなとも思った。もし君さえよければ、近々出かけようか。いや、この先しょっちゅう会うわけじゃないよ」彼は急いで続けた。

「実際、家族とはほとんど会わないんだ。でも僕たちの子供にとっては祖父や叔母になるわけだから」彼は肩をすくめ、またもラーナから目をそらした。

「その子を家族に会わせてやりたい」

「賛成よ。私もぜひ皆さんに会いたいわ」彼女は静かに応じた。自分には家族がいないので、なおさらそう思う。父のことは知らないし、母は亡くなった。きょうだいも祖父母も、多くの人にとってはいて当然の、騒々しく愛情深い親戚もいない。

　クリストスはため息をついて、あきらめたようにうなずいた。彼自身は家族と会うことを喜んでいるように見えない。それどころか、自分の死刑執行日を聞かされたみたいだ。いったいなぜ?

　理由をききたいけれど、きけない。夫との間にその種の質問ができるだけの信頼関係がないのだ。ここ一カ月間でそれがよくわかった。私たちは夕刻に家で和やかな楽しい時をともに過ごし、ベッドではもっと楽しんできた。町のレストランでのんびりブランチをとったり、暑い夏の昼下がりにセントラルパークをのんびり散歩したりもした。仕事の話や読んだ本の話で盛りあがった。実にさまざまなことを分かち合ってきたけれど、今のような瞬間には、そのどれも大したことではなかったと感じる。互いに心の奥は打ち明けてこなかったからだ。二人とも、それはしないよう気をつけてきた。

今この瞬間、夫が何を考え、どう感じているのか見当もつかない。それを尋ねる勇気もない。結婚当初から、感情を分かち合ったり心をさらけ出したりしない決まりになっている。互いへの思い入れも、当然、愛情も禁止だ。その決まりに私が疑問を抱き始めたのは、クリストスの責任ではない。

私もただちに正気に戻って感情を抑えなくては。私を愛する気がない相手に愛情を抱くなんて予定表にないし、今後もあってはならない行動だ。

「すぐ戻るわ」わざと軽い口調で言って、ラーナは二人の寝室へ向かった。夫と家族の間に何があろうと、それについて尋ねたりするものですか。彼女は心に誓った。何もきかないし、自分の気持ちを無駄に探ったりもしない。自分がどう感じているか知りたくないし、そもそも感じたくないのだ。

クリストスは歯を食いしばり肩をこわばらせて、地平線まで続く道路の先の青い夏空を見つめた。ラーナを乗せ、ロングアイランドの実家へ向かっているところだ。そこでは父と三人の妹たちが待っている。父にも、クリスティーナとソフィア、タリアにも長いこと会っていない。よく覚えていないが、会うのはたぶん数カ月、いや、数年ぶりだ。車でほんの一時間半の距離だが、帰省せずに時が経つに任せてきた。離れているほうが気が楽だった。妹たちの目に宿る失望や、目を合わせようともしない父を見ないですむから。もちろん家族は自分たちの気持ちを隠そうとするが、やはり感じてしまうのだ。

もっとも、そのことをラーナに話すつもりはない。そうした厄介な問題を話し合うことを避けてきたおかげで、妻とはここ何カ月か楽しく過ごせた。感情については上っ面をなでるだけにして、ただ二人一緒に過ごす時間と互いの体を満喫する。僕の望みどおりの完璧な取り決めだ。それなのに今、なぜこれほど落ち着かず、焦燥感に駆られるのだろう？

たぶん実家へ向かっているせいだ。二十年前、死に際の母を最悪な形で失望させて以来、あの家では恐怖と悲しみしか感じられなくなってしまった。

「ねえ、考えてみれば妙だと思わない？」重苦しい静寂を破り、ラーナがさりげなさを装って言った。「あなたのご家族のこと、何も知らないわ」

「どうして妙だと思うんだ？」彼は思わずぶっきらぼうとも取れる声で言い返していた。「この結婚は、もともとそういう取り決めだったろう。僕だって君の家族のことは知らない」

ラーナは一瞬口をつぐんだ。彼が横目でちらりと見ると、じっと考えこんでいる様子だ。

「確かにそうね。私は、あなたのお母さんがずいぶん前に亡くなったと知っている。そしてあなたは、私が父親なしで育ったと知っている。互いの家族について知っていることはそれだけ」

クリストスは沈黙を守った。何も言い返さないほうが安全だろう。妻の言葉を聞いて気まずさを感じたが、それには複雑な理由が山ほどある。

またしばらく凍りつくような静寂が流れてから、ラーナが言った。「せめてご家族のお名前くらいは教えてもらってもいいかしら？」

つかの間、彼は後ろめたさを覚えたが、それはすぐ苛立ちに代わった。まるで僕が理不尽な態度をとっていると言わんばかりだ。僕はただ最初の取り決めに従っているだけなのに。まさか彼女はあの取り決めを撤回する気じゃないだろうな？　そう考えると、ひどく不安になった。と同時に、ほかにも何か感じたが、それが何かはわからなかった。

「もちろん教えるとも」クリストスはできるだけ穏やかに応じた。「妹が三人いる。一番上がクリスティーナ。次がソフィア。末っ子がタリアだ」

「妹さんが三人も！　そういえば、初めて会ったときに聞いたかも。それぞれ、どんな方なの？」

どんな方か、だって？　クリストスは喉が締めつけられるような息苦しさに襲われた。そんな質問には答えたくない。感情が絡む問題ですらない。だが特に理不尽な質問とは言えない。感情が絡む問題ですらない。ただ、今は実家へ向かっているところだし、ラーナのお腹には僕の赤ん坊がいるので、神経が過敏になっているのだ。

初めて彼女から妊娠を告げられたとき、一瞬わくわくしたが、そのあとすっかり怖くなってしまい、以来ずっと恐怖心を隠そうとしてきた。

子供を授かってもその子の人生を台なしにする危険はないと、いったいなぜ考えたのだろう？　かつて家族にそうじたように、今度は子供を失望させ、見捨てる危険はないと、なぜ思ったのだろう？　でもラーナには、そんな恐怖は説明したくない。だから身動きできない状態なのだ。妊娠が判明する前と同じくただ二人の生活を楽しみ、できるだけ妻を気遣い、未来のことは考えないようにしている。

「どんな性格かって？」時間稼ぎのために、彼は妻の質問を繰り返した。家族の話をすることには慣れていない。家族について考えることすら、できれば避けてきた。「クリスティーナはお節介だ。本人は〝善意の世話焼き〟と称しているがね。常に人のことを知りたがり、いつも人の話に喜んで耳を傾ける。家に着いたとたん、君を質問攻めにするだろう。前もって警告しておくよ」

「了解」ラーナの声には笑みがにじんでいる。

実家ではあらゆる最悪の事態が起きると予想していたのに、クリストスは少しだけ気が楽になった。

「ソフィアはクリスティーナとは全然違う。一つのことに集中するタイプだ。とても率直だが、内にこもる面もある」母の死後、彼もソフィアも愛する家族から心を閉ざして一人静かに悲しんでいた。

「それじゃあ、タリアは？」

「タリア……」その名前はため息とともにクリストスの口からこぼれ落ちた。一家の末っ子は明るく、いつも笑っていたが……ある日、笑わなくなった。そのとき、僕はタリアのそばにいてやれなかった。いてほしいと懇願されたのに拒否したのだ。そして……悲惨な結果を招いた。「タリアは……感情の起伏が激しい。機嫌がいいときは活気に満ちて一緒にいて楽しい相手だが、そうでないときは……」明らかにひどく落ちこんでいたときのタリアを思い出して、彼は語尾を濁した。

〝兄さん、私を助けて〟

〝いや、僕にはできない〟

「クリストス?」ラーナに優しく促されて、彼はかぶりを振って記憶を振り払った。

「妹たちの話は終わりだ」

「では、お父さんはどんな方?」

父か。もし運転中でなければ、僕は目を閉じてしまっただろう。「父は母をとても愛していた」少し間を置いてクリストスは答えた。「母の死は、父にとっては人生が……その最も重要な部分が消えたようなものだった」

〝クリストス、頼みの綱はおまえだけだ。今やおまえが家長だ。おまえが妹たちの面倒を見るんだ〟

ところが僕は妹たちの面倒を見なかった。

「さぞ大変だったでしょうね」妻が静かに言った。

「ああ」大変どころか、耐えられないつらさだった。日々苦悩が深まり、ついに僕は自由を、心の安らぎを求め、家族を捨てて家を出た。だが捨てきれなかったとわかっている。もし本当に家族を捨てていれば、今みたいにつらくは感じないはずだ。

驚いたことに、ラーナが慰めるように片手を彼の腿に置いた。ここ数カ月、確かに二人は好意を抱き合ってきたが、こんなふうに静かに優しく心をこめて互いを慰めたことはなかった。

クリストスは妻の手を振り払い、慰めは必要ないと言いたい気持ちに駆られた。その一方で、彼女の手をつかみ自分の頬に当てたいと同じくらい強く思った。でもどちらもしなかった。ただ歯を食いしばり、前方の道路を見つめて運転を続けた。

一時間後、二人を乗せた車はブルックヘブンの優雅な通りにある横に広がったコロニアル住宅の前で止まった。ここが、ニューヨークへ移るまでクリストスにとって唯一の我が家だった。父のニコ・ディアコスはマンハッタン南東部の安アパートの一室に生まれ、地道な努力を重ねて銀行業界で中間管理職の地位まで出世した。息子は自ら開発したアプリで得た資金を元手にハイテク投資家として巨万の富を築いたが、父は堅実な仕事をして堅実な人生を送っていたのだ。最愛の妻マリーナを失うまでは。

今日こうして私道に車を止めると、いまだに母の遺体が家から運び出される光景がありありと目に浮かぶ。妹たちは階段で身を寄せ合い、父は泣いていた。クリストスの記憶の中では、暗い灰色の嵐の日だ。ところが実際には、今日と同じ明るい夏の晴天だったのだ。妙な話だが、日が照っていたことを思い出せない。記憶にあるのは、自分の心の中に広がる恐ろしい虚無感だけ。まるで凍原で雪と氷に包まれ、凍りついて無感覚になったようだった。

「クリストス……中へ入りましょうか？」

妻は不安げで、すっかり僕に同情している様子だ。ここでの思い出が僕にとってどれほどつらいか、わかっているように見える。だがラーナは何も知らないのだ。彼は自分に言い聞かせた。僕は話していないし、これからも打ち明けるつもりはない。

「ああ、入ろう」彼は口角を上げて笑みらしきものを作った。

12

クリストスの実家の玄関ホールへ足を踏み入れたとき、ラーナはこれから何が起きるのか見当もつかなかった。だが夫の話から、というか、話してくれなかったことから、冷たく堅苦しい出迎えを覚悟していた。母親の死以降、夫は家族と疎遠になったらしい。いったいなぜだろう？

ところが驚いたことに、妹の一人がまぶしい笑みを浮かべて駆け寄ってきた。そしてラーナの顔を両手で挟み、左右の頬に音をたててキスをしてから彼女をぎゅっと抱きしめた。

ラーナは一瞬凍りついてされるがままになっていたが、なんとか相手の体に腕をまわし抱き返した。

「やっと会えたわ！」どうやらクリスティーナらしき女性が叫んだ。小柄でふくよかな体形の元気いっぱいな女性が、ラーナはひと目で好きになった。女性はクリストスに向き直った。「いったいなぜ彼女を隠しておいたの？　すごい美人じゃない」

「別に隠してはいないさ」クリストスは穏やかに答えた。普段どおり苦笑いを浮かべ、おっとりと構えているが、水面下には暗い感情が渦巻いているのが見て取れる。いつも物憂げな笑顔で冗談を飛ばす大富豪の投資家という夫の自己像は、仮面だったの？　クールで洗練された少しよそよそしい広報コンサルタントという仮面と同じで？　私たち二人は、ずっと仮面をかぶっていたのかしら？

二人が似た者同士だと気づいて、ラーナは驚いたがうれしくも感じた。二人とも人には見せない面を隠し持っているのだ。そして、その隠れた面をもっとよく知り合えたらいいのにと願った。

いいえ、それはまずいわ。それは恐ろしい望みだ。今まで誰かに自分を知ってもらいたいと思ったことはない。むしろ、知られないように気をつけてきた。それなのに今、クリストスに知ってもらいたいと思っているの？

「キッチンへどうぞ」クリスティーナがラーナの手を取った。「食べ物を用意したの。山ほどね！　それとコーヒーも。あなたのことを全部知りたいわ。何もかも全部よ」

やれやれ。これでは夫には知られなくても、夫の妹に私のすべてを知られてしまうわ。家の中心部へ手を引かれていきながら、ラーナは思った。

あと二人の妹はキッチンで待っていた。ソフィアは仕立てのいいブラウスにスラックス姿で、温かいが内気な笑みを浮かべている。タリアはふわふわの黒髪をなびかせて部屋の向こうから突進してくると、甲高い声をあげてクリストスに抱きついた。

彼はバランスを崩しかけて一歩後ずさり、末の妹を抱き返した。ラーナには夫の表情は見えなかったが、思いがけない歓迎だったようだ。

「なぜもっと早く帰ってこなかったの？」タリアは彼の肩に顔をうずめた。小柄で細身の体には大きすぎるデニム地のオーバーオールとTシャツを着ている。「何年ぶり？　もう何年も会ってないわ」

「忙しかったんだ。だが悪かったね。もっと早く帰ってくるべきだった」彼は抱擁を解いた。

「そうよ。そうするべきだったわ」タリアは冗談めかして指を振り立てたが、大きな緑色の目は涙で曇り、下唇が震えている。彼女はラーナの予想よりかなり若い。二十歳を超えたばかりだろうか。上の妹二人は、どちらも三十代前半に見えるのだが。

「やあ、放蕩息子のご帰還か」クリストスによく似た年配の男性がキッチンに入ってきた。やせた長身は同じだが、体は夫ほど筋肉質ではなく少し猫背だ。

豊かな黒髪には白いものが混じり、まるで三十年後の夫を見ているようだ。男性はクリストスにほほ笑みかけた。夫はうなずき返したが、父を見ようとはしない。男性の歓迎の笑みは陰ったものの、今度はラーナに向き直ってまた温かくほほ笑んだ。「会える日を心待ちにしていたよ」

ラーナはちらりと夫を見た。二人の結婚が形式的なものだったことや最近少し事情が変わったことを、彼が家族に話したかどうか聞いていない。家族はこの結婚についてどの程度知っているのだろう。

「私も皆さんとお会いできる日をずっと楽しみにしていました」彼女は義理の父と握手をした。「クリストスから聞いているので、お名前はわかると思います。あなたがクリスティーナよね？」ラーナは最初に会った女性に目を向けた。クリスティーナは笑って手をたたいた。「そしてソフィア？」ソフィアは笑顔でうなずいた。「それからタリア！」

タリアはうなずいたが笑みは見せなかった。少し不安そうに見える。ラーナが兄の人生に入りこんだことが気に食わないらしい。

「さあ、座って」クリスティーナが言った。「洗いざらい話してちょうだい。結婚して丸三年にもなるのに、クリストスったら一度もあなたを連れて帰省しなかったんですもの」

「だから、今日帰ってきたじゃないか」クリストスの口調は無愛想寸前だったが、クリスティーナは気を悪くしたようには見えなかった。

「はいはい、そうね」キッチンから続く居心地のいい居間に全員が座ると、一番上の妹はまた話し始めた。「私たちはとても喜んでいるし、クリストスを祭壇まで引っぱっていけた女性に興味津々よ。何しろそれまでは、誰一人四回目のデートにもこぎつけなかったんですもの」ラーナが頬をゆるめると、クリスティーナはしたり顔でうなずいた。「もちろん兄から聞いたわけじゃないわ。でもタリアが経済誌やゴシップ誌に載った兄の記事をすべて読んでるから。スクラップブックまで作っているのよ！」

それはちょっとやりすぎでは、とラーナは思った。もっとも、全然帰ってこない兄の動静を知りたい妹の気持ちを考えれば理解できなくもない。だけどなぜ帰省しなかったの？　それが謎だ。家族はクリストスにひたすら愛情を示し、妻と並んでソファに座った彼はくつろいで見えるが、ラーナは隣で彼の緊張を感じていた。夫はここにいたくないのだ。でもその理由がさっぱりわからない。

それから一時間、クリスティーナがコーヒーとさまざまなギリシアのパイをせっせと振る舞う中、みんなでおしゃべりしたが、疑問への答えは手がかりすらつかめなかった。クリスティーナは近所に住み、この町でベーカリーを経営しているとわかった。ソフィアはグラフィックデザインの会社に勤めている。そしてなんと、ラーナとクリストスが暮らす家から地下鉄で二十分のロングアイランドシティに住んでいるという。それなのに私たち夫婦は、なぜソフィアを一度も自宅に招いたことがないの？

タリアはこの家で、十年前に銀行を退職した父親のニコと暮らしている。オンライン学習で美術を学んでいるものの、あまり勉強熱心ではない。二十二歳だが、もっと若く見える。今はみんなの会話に興味を失い、話の邪魔をしたり兄をからかったりしている。そして兄がすぐに応えてくれないと、ふくれっ面をする。少し疲れた様子ながら、それを顔に出すまいと努めている。クリストスはタリアの機嫌を取っているが、それは楽ではないようだ。

夫はタリアのせいで苦痛を感じているのだ。最近は夫に関して直感が働く。以前は彼が何を考えているかのわからなかったが、今は彼の感じていることをなんとなく察知できる……でも、なぜ察知できるようになったのかはわからない。

「クリストス、すてきな奥さんじゃない」

彼は体を硬くしてテラスの手すりから振り返った。

息が詰まるような一、二時間のあと、家族を避けるためにここへ来て、ぼんやり庭を眺めていた。家族で語り合う時間は絶え間なく続く拷問に思えた。タリアは延々と僕の注目を求め、ソフィアは静かに僕を非難し、クリスティーナはすべてを平常に見せようと必死になり、父は悲しそうに押し黙っていた。

そのどれも耐えられなかった。いまだに帰省するたびに罪悪感に悩まされるのだ。

「クリストス？」クリスティーナは穏やかに呼びかけ、ガラスの引き戸を閉めてからテラスへ出てきた。

「なぜ今まで奥さんを連れてこなかったの？」

いつもどおり彼は妹を見ずに肩をすくめた。「そもそも、ここへはあまり来ないからね」

「ええ、そうね」彼女は深いため息をついた。

「来ないほうがいいんだ。タリアが興奮するし、父さんが悲しい出来事を思い出すから」

「私たちは、兄さんにここにいてほしいのよ」クリスティーナは静かに言った。ただし僕の言葉を否定はしない。それが真実だとわかっているからだ。母の死以来、僕は家族を裏切り続けた。家族が僕を必要としたときも、そばにいてやらなかった。タリアの懇願を無視した。その結果、彼女は自殺防止のため精神科病棟に三カ月間入院させられた。あれは僕の責任だ。ほかの誰のせいでもない。

家族のために、僕はここに近づかないほうがいい。

「ラーナのことを教えて」

妹に促され、彼はまた肩をすくめた。家族に妻のことは話していない。新聞の社交欄で結婚を知ったタリアが、本当かとメールできいてきたくらいだ。

「想像より優しい感じだったわ」兄が黙ったままな

ので、クリスティーナは恐る恐る言った。「もっと非情な、やり手の女性実業家かと思ってた」

「ああ、職場ではね。ゼロから会社を立ちあげ、今やニューヨーク屈指の広報コンサルタントだ」彼は自分の声が得意げだと気づいた。そう、僕は妻を誇りに思っている。ラーナの決断力と仕事への意欲はすばらしい。妻のそんな面も……好きだ。

「ラーナは兄さんに夢中みたいね」

なんだって？　クリストスは妹を見た。彼女は満足そうな笑顔で兄を見あげている。「なぜそんなことを言うんだ？」彼はかすれ声できいた。

「だって、見ればわかるわ。たとえば兄さんを見る目つきとか……とっても優しくて、いとおしげで。女にはわかるものなのよ。私も誰かをあんな目で見つめてみたい。そして、私にもあんな目で見つめてくれる誰かがいたらと思うわ」

「いったい何が言いたいんだ？」思わず声が上ずった。クリスティーナも彼の動揺に気づいたらしい。

「普通、男性は妻に愛されていると知って悪い気はしないはずよ。私は何か見落としたのかしら？」

「いや、ただ……」クリストスはふっと息を吐き出した。「ラーナと僕は友達みたいな関係なんだ」

「夫婦ではなく友達だと言いたいの？　私の目には立派な夫婦に見えるけど」

まだ子供ができたことを話してもいないのに？　妻の妊娠は、いかにも夫婦らしい出来事だ。

「複雑な事情があるんだよ」

「そうみたいね。でもわざわざ複雑にする必要はないわ。過去は過去として、そっと葬っておけばいい。ここへ来るたびに掘り返さずにね。兄さんがそうしていることはわかってる。苦しみが目に表れるから。罪悪感にさいなまれる必要はないのに。過去の出来事よ。もう終わったの。誰もが先へ進みたくて、進もうと努力している。兄さん以外の誰もがね」

喉が締めつけられて口がきけない。クリストスはただかぶりを振って顔をそむけた。

クリスティーナはため息をついた。「せめて中へ入ってちょうだい。夕食の時間よ」

彼は妹が屋内に入るまでテラスから動かなかった。少しの間一人になって落ち着きたい。何度か深呼吸して、夕闇迫る庭の芝生に目を向ける。クリスティーナの勘違いに決まっている。ラーナが僕に夢中なわけがない。それどころか、契約結婚当初から互いに深い感情は抱かないという条項にこだわったのは彼女のほうだ。僕は自分をだまして、どうでもいいふりをしてきただけだ。今やどうでもよくはないが。

では、どうしたいんだ？　ラーナを傷つけ、彼女と生まれてくる子供を失望させるのではという不安がなければ、僕はラーナを愛したいのだろうか？　愛せるのか？　そしてラーナは、僕のしたことを知ってても愛してくれるだろうか？

答えはわかっている。僕はラーナを愛せない。もし愛せば、結局は失望させることになる。そして彼女も、僕を愛し頼りにしていた家族を僕が最悪な形で裏切ったと知れば、もう愛してくれないだろう。

それなのに、一緒に子供を作ったりして、僕たち夫婦は何をしているんだ？　ましてや万一クリスティーナの言葉どおり、なぜかラーナが僕を愛しているとしたら、この先どうなるんだ？

「クリストス、寒くなる前に中に入って！」

ソフィアに呼ばれ、彼は鉛のように重い心を抱えて屋内に入った。全員があふれんばかりの料理が並ぶダイニングテーブルを囲んで座っている。ギリシアの女性にとって料理は愛の象徴なのだ。

クリストスは無意識に妻の姿を捜した。ラーナは部屋の向こうから心配そうに彼を見ていた。目が合うと、彼女は物問いたげに小さくほほ笑んだ。華奢なウエストがほんの少し丸みを帯び、胸が豊かさを増している。僕の子を宿しているからだ。そう思うと、名づけたくないある感情が彼を満たした。

クリストスはなんとか笑みを返した。気が進まないが、ここで例の発表をすませたほうがよさそうだ。

「食事の前に、ラーナと僕からニュースがある」そこまで言ってから彼はためらった。妻と手をつなぎ、晴れやかな笑顔で告げるべきだっただろうか。今の僕はなんだか暗く深刻な口調だ。

「兄さん、なんなの？」タリアはもう苛立っている。

「僕たちは新しい命を授かった」彼は声に喜びをこめようと努めた。「生まれるのは来年の二月だ」

一瞬、家族は驚愕のあまり静まり返った。それからクリスティーナが手をたたいて兄を抱きしめた。次にラーナを抱きしめて、気分はどうか、つわりは始まったかと矢継ぎ早に質問を浴びせた。

ソフィアはかすかな笑みを浮かべて兄の頬にキスをするとささやいた。「そんなおびえきった顔をしないで。大丈夫。何もかもうまくいくわ」

「おびえてなんかいないさ」真ん中の妹はいつも彼を一番理解している。それでもクリストスは彼女も追い払った。かつては正しい対応と考えてしたことだが、今になってみれば身勝手な振る舞いに思える。母が亡くなったとき、ソフィアは僕のよそよそしさに傷ついただろうか。彼女は内にこもり他人を必要としないように見えたが、僕同様、悲しみに対処するためにそういう態度をとっていただけで、本当は手を差し伸べてやるべきだったのかもしれない。だが気持ちはあっても体が動いてくれなかった。

「兄さんが父親になるなんて信じられないわ」タリアは気に食わないという口ぶりだ。それは理解できる。思いがけず生まれた年の離れた末っ子は、いつも家族のアイドルだった。母が亡くなったときはまだ二歳で、その後も真の意味で大人になることはなかった。きっと僕の愛情を赤ん坊に奪われるのではないかと心配なのだろう。

とはいえ、僕はもう長年タリアとろくに顔も合わせていなかった。たまに短いメールを送るくらいだ。彼女にとって、今さら奪われる愛情などありはしない。家族を守るために帰らなかったつもりが、ただの身勝手だったような気がしてきた。

いったい僕はどうなっているんだ？　なぜこんなふうに考えるようになったんだ？

今回帰省したせいで、自分のものの見方に自信がなくなった。過去の出来事について、家族について、自分の解釈は間違っていたのかもしれない。だとしたら、ほかのことはどうだろう？　たとえば……ラーナのこととか。

妻は本当に僕を愛しているのか？　僕のしたことを知っても愛してくれるのか？

その質問の答えを僕は知りたいのだろうか。

13

帰り道、クリストスは行きよりもさらに静かだった。歯を食いしばり眉根を寄せて、ひたすら前方の道路を見つめている。何かをじっと考えこんでいる様子なので、ラーナは邪魔したくなかった。

今日はさまざまな意味ですばらしかった。ソフィアとクリスティーナは温かく迎えてくれたし、義理の父は親切で優しかった。予想より気楽にみんなと会話を交わせて、たくさん笑った。いろいろな面で、クリストスの家族は自分が持ったことのない家族そのものに感じられた。温かくて愛情深い、にぎやかな大家族だ。ところがクリストスは、そんな家族の存在に感謝しているようにも、それを楽しんでいるようにも見えなかった。そしてタリアは、よく言っても冷ややかだった。失礼とさえ言える態度をとることもあり、私をわざと無視したり、何か尋ねるとそっぽを向いたりした。

クリストスについて言えば、私の妊娠をみんなに告げたとき、声が暗く深刻そうだった。彼は気が変わったのかしら。もう赤ちゃんは欲しくないの？　私もいらないの？

それを夫に尋ねる勇気はない。数週間前、自分に厳しく言い聞かせたのだ。感情を抑え、私を愛する気がない相手に愛情を抱くようなことはしないと。今ある二人の関係を楽しみたいと思っているし、実際すばらしい関係だから楽しむのは簡単だ。でもなぜかむなしさを覚える。もっと深い何かが、いまだかつて望んだことのない何かが欲しい。そして私が何かを求めて一歩踏み出すごとに、クリストスは一歩後ずさるような気がする。

こんな状況だけは絶対に避けたかったのに。でも、求めてはいけないものを欲しがる強情な心を抑えられない以上、どうやって避けろというの？

難問を抱えて落ちこむ一方で、ラーナはなぜかすべてがうまくというかすかな希望も感じていた。もっとも、険しい顔で黙りこくって運転する夫を見る限り、希望を抱く余地はなさそうだったが。

結局、帰り着くまでどちらも無言だった。少し離れた専用車庫に車を止め、二人は暖かくなめらかな夏の夜気に包まれて家まで歩いた。玄関の鍵を開けて中に入ったラーナは、すぐ後ろにさっと歩み寄るクリストスの気配に驚いて立ち止まった。何か用かと振り返ったとたん、両手で肩をつかまれ壁に押しつけられた。ホテルの部屋で初めて結ばれた夜と同じだ。それから彼は長く深いキスをした。単なる熱情でも欲望でもない、もっと深い何かを感じさせる優しさをこめて。

ラーナはびっくりして身をすくめた。妊娠後、クリストスは妻の体調を気遣い、いつも彼女の誘いを待って体を重ねていたのだ。妻の戸惑いに気づいたのか、彼は許可を待つように動きを止めた。

ラーナは本能のままに両腕を彼の首にまわし、顔を引き寄せてキスを続けた。それは静かなあきらめとともに自分の強情な心に屈服し、身の破滅を受け入れた瞬間だったのかもしれない。クリストスは彼女の頬から首筋、そして喉のくぼみへと唇を進め、その口からはすすり泣きに近いあえぎ声がもれた。

「クリストス、私を見て」ラーナはささやいて両手で夫の顔を挟み、目と目を合わせようとした。

だが彼は顔を上げようとしない。ただ妻の喉から肩、そしてサンドレスの上から胸のふくらみへとキスを浴びせていく。肌をかすめる唇の優しさに、涙があふれそうになった。もう、いいわ。ラーナは心を決めた。彼がどれほど私を求めているか、骨身に染みて感じる。体の欲求だけではない。彼の心が求めているのだ。たとえ夫が認めなくても、目を合わせようとしなくても、それは明らかだ。

それならば、生まれてこのかた一度もしたことはないけれど、私のすべてを差し出したい。ラーナは両手を再び彼の首にまわし、自分の体を、そして心を開いてクリストスを迎え入れた。彼はキスを続け、サンドレスを妻の頭から引き抜いて脇へ放った。

自分の体がほんの数週間前とさえ違って見えることはわかっていた。胸がさらに豊かになり、腹部は少し丸みを帯びている。クリストスはそのお腹(なか)に両手を当てて指を大きく広げた。それから彼女の前にひざまずくと、ほとんど目立たないわずかな隆起に畏敬の念をこめてキスをした。ラーナの心に喜びと何かもっと深い思いが広がって、夫婦として過ごした何カ月かの間に感じたことがないほど夫を身近に感じた。それでもまだ彼はとても遠い。

彼が何を考えているのか、どう感じているのかはわからない。でも私を求めていることさえわかっていれば十分だわ。ラーナは自分に言い聞かせた。

クリストスは彼女の脇腹に手を滑らせて、下着を引きおろした。彼の指先がたどった跡が炎のように燃えている。ラーナは足首に引っかかった下着を蹴って脱いだ。彼は妻のヒップを両手で支え、体の中心にそっと唇を押しあてた。惜しみない愛情と関心を肌身に濃密に注がれて、ラーナは本当の自分があらわになったと感じた。ここまで自分をさらけ出し、相手にすべてをゆだねるのは生まれて初めてだった。恐ろしくもすばらしい体験だ。この新しい世界を知った今、誰とも関わらない安全で不毛な以前の世界へ戻る気はさらさらなかった。

ラーナは自分を差し出すように腰を弓なりに反らし、その秘部のすべてを知り抜いたクリストスは愛の奉仕を続けた。クライマックスが迫っている。押し寄せた快感の高波はさらに高さを増し、崩れ落ちる寸前でやっととどまっていた。その瞬間を夫と分かち合いたくてラーナは耐えていた。だがクリストスの唇は優しく絶え間なく奉仕を続けている。もう耐えられそうにない。

ラーナは夫の髪に指を差し入れ、秘部を彼に密着させた。口から切れ切れの叫び声がもれて、体はとろけて流れた。

手を夫の髪に差し入れたまま、彼女はがっくりと壁にもたれた。クライマックスの余韻でめまいがする。クリストスは彼女を抱きあげ、ベッドへ運んだ。ラーナはまだ放心状態で、手足を広げてあおむけでベッドに横たわった。唇は腫れ、あふれる歓びと欲望に全身が脈打っている。

ベッドの足元に立ったクリストスは、顔を上気させ、息を荒らげ、すばやく服を脱ぎ捨てると妻と体を重ねて両腕で自分を支えた。

ラーナは夫と目を合わせようとしたが、クリストスは彼女の肩に顔をうずめていっきに中へ入ってきた。ラーナは両腕を彼の首に、両脚をウエストにまわして大きく迎え入れ、さらに奥へ導き、自分のすべてを与えた。

そしてクリストスはそれを受け取った。二人は息を合わせ、一つになって動き続けた。何よりも親密な営みで語り合う二人に言葉はいらなかった。

クリストスが極みに達してすぐ、ラーナもあとに続いた。誰かとこれほど完璧に結ばれたと感じたのは初めてだった。心も体も一つになったのだ。体の奥で彼の分身を包みこんだまま、ラーナは夫を抱き寄せた。ぴったり重なった体が親密な営みの余韻に震えている。彼女は何か言いたかった。でも二人を包む至福の魔法が解けてしまいそうで怖い。それはシャボン玉のように壊れやすいから。

しかも唇にたゆたう言葉はあまりに大切で神聖だから、クリストスがどう反応するかわからないのに簡単に口に出せない。

それでも言葉はラーナの内で熱く燃えて外に出たがっている。その言葉が真実だとわかって、彼女は衝撃を受けると同時に心が落ち着いた。何が起きようと、もう怖くない。

愛しているわ。

クリストスを腕に抱いて、ラーナは声に出さずに唇で言ってみた。言葉は彼女の中で細胞一つ一つにこだました。

クリストス、愛してるわ。あなたを愛してる。

彼女の心をつかんだことに気づいてさえいない男性を腕に抱いて、ラーナは目を閉じてほほ笑んだ。

クリストスは居間の外の狭いバルコニーで椅子に座っていた。眼下の通りは静かだ。町はようやく眠りについたらしい。僕はまだ眠れないが。

親密な営みのあと、どちらも無言のままラーナは眠りに落ち、クリストスはベッドを抜け出してなみなみとついだウイスキーのグラスを手にここへ来た。夜の闇と静けさと、けだるく熱い夏の外気が心を静めてくれるのでは、と期待したのだ。

すでに一時間が過ぎたが期待どおりにはいかなかった。自分の気持ちがわからない。そもそも感情について深く考えたくないのだが、それでも揺れ動く気持ちのせいで身も心も疲れ果ててしまう。

クリスティーナは、ラーナが僕に夢中だと言った。確かに妻と一緒に住むようになってからの数カ月はこれまでの人生で一番甘美な日々だが、僕はそれ以上の何かを求めている。一方で、もし自分の過去を打ち明けたら、ラーナはたちまち去っていくだろうと恐れている。さらに、過去に家族を失望させたように、妻と生まれてくる子供も失望させるのではと思うと、もっと恐怖を感じる。

もうあれこれ感じることに耐えられない。彼は目を閉じ、強いウイスキーをぐいっとあおった。

「眠れないの？」

ラーナの低い声がして、彼は身をこわばらせた。振り返ると、そこに妻が立っていた。クリーム色のシルクの部屋着の肩にストロベリーブロンドの髪が波打って広がり、まるで美しい幻のようだ。

「ああ」クリストスが短く答えると、妻は彼と向かい合う椅子に座った。二人はここで何度も食事をとり、気軽なおしゃべりを楽しんだものだ。

だが今回は違う。ラーナが口を開く前に、彼は次に来る言葉に備えて身構えた。

「話してちょうだい」彼女は穏やかに言った。

何を話すかは、もちろんわかっている。結婚当初から、常に正直に思いやり深く妻に接すると決めていた。それがこんなに難しいとは思わなかったが。

「何から話せばいいんだ？」彼は重苦しくきいた。

「今何を考えているか、から始めたら？」

　クリストスはため息をついて髪をかきあげた。

「わからないよ。本当にわからないんだ」

「今日、実家へ帰りたくなかったのはなぜ？　それに、どうしてほとんど帰らないの？」

「帰るのがつらいからだ」

「どうして？」

　つかの間、彼は目を閉じた。話すのは恐ろしいが、妻がこれ以上僕を好きになるのを止めるためにも、教えておいたほうがいいかもしれない。

「実家へ帰るたび、家族を失望させ、裏切ったことを思い出すからだよ。僕もつらいし、家族もつらい。僕に会えば、父は過去の悲しみをかき立てられる。タリアの問題も再燃する。末の妹が時折ひどくぴりぴりして、感情的にもろく見えるのは、君も気づいただろう？」

「ええ」妻は小首をかしげ、真顔で慎重に答えた。

「あれは僕のせいなんだ」

　ラーナはしばらく黙っていたが、やがて冷静な理詰めの口調で言った。「あなた一人の責任なんてことはありえないと思うわ。タリアの心の健康に影響を与える問題は、ほかにもあったはずよ」

「かもしれない。だが、きっかけは僕だ。妹が最初に不安定になった原因は僕なんだ」

　ラーナはまた黙りこんだ。彼の言葉を理解しようとしているらしい。今のところ、彼への非難は感じられない。そして、ついに尋ねた。

「お義母さんが亡くなったとき、何があったの？」

　その言葉を聞いたとき、クリストスは気づいた。僕はすべてを妻に打ち明けたいのだと。そしてほっとした。すべてを吐き出したい。何よりも、ラーナに知ってもらいたい。話すことで二人の関係がどう変わるかはわからない。たぶん後戻りできないくらい変わるだろう。それでも打ち明ける必要がある。

「僕が十四歳のとき、母は癌と診断された」彼はゆっくり言葉を選びながら話し始めた。一語一語、口に出すのも骨が折れる言葉を、神にささげるように語っていく。「あれは大変な時期だった。タリアはまだほんの赤ん坊で、クリスティーナは十二歳。ソフィアは十歳。父は愛情深かったが、四六時中忙しい。仕事と家庭のあらゆるニーズ――心身両面のニーズに応えようと奮闘していた。僕は父のそばにいて力になりたかった。家族全員を助けたかった。でも、それは難しかったんだ」

「当然だわ」ラーナは同情に満ちた声でつぶやいた。

「最初のうち、母は普段どおりの生活を続けようとした。化学療法の話も自分の深刻な病状の話も決してせず、帰宅する家族をいつも笑顔で迎えた。とても気丈だった。だからこそ急に弱った母を見て、ひどいショックを受けたんだと思う。僕が十六歳のとき、母は治療をやめた。寛解の状態が二、三カ月続き、僕たちはみんな希望を抱いていた。ところが癌は再発し、その後は恐ろしいほど早く進行した。母はホスピスへ入所することを望んだが、父が自宅介護にこだわった。一緒にいたかったんだろう。母をとても、とても愛していたから」声がかすれて、クリストスは落ち着こうと短く息を吸った。

母がやせ衰えていくにつれて、父が悲しみに圧倒され、頭も体もまともに働かなくなるのを見て、クリストスは心に決めたのだ。自分は絶対にあれほど深く誰かを愛したり必要としたりしない、と。

だが、すでにそうなっているとしたら?

彼はその考えを押しのけ、静かに続けた。「母が家にいた最後の何週間かは悲惨だった。やせこけた母はまるで別人だった。介護を手伝ってくれる人もいない。父は変わり果てた母を家族以外の誰にも見せたくなかったんだ。いつも笑っている美しい母をみんなの記憶にとどめたかったのさ。ところが今やひどくやせて顔はまるで……骸骨だ。そんな母を僕は見たくなかった」自分を食い入るように見つめて懇願する母の目が脳裏に浮かんだ。「実際、ベッド脇に座って一緒に過ごすのも耐えられなかった」打ち明けるのがつらい。クリストスはうつむいて早口で続けた。「だから母を避けた。息子に避けられて母が傷ついているとわかっていたのに。クリスティーナとソフィアはベッド脇に座って何時間も母の相手をしていた。クリスティーナは二歳になったばかりのタリアを連れていき、母が末っ子を抱くのを手伝った。僕は……母の寝室に近づかなかった」

「クリトリス、あなたの気持ちは理解できるわ」ラーナがそっと言うと、彼はけたたましく笑った。

「それなら、こっちも理解できるかい？ 母は亡くなる間際、そばに来てくれと僕に言った。自分の死が近いことを悟っていたんだ。僕も、それはわかっていた。母が刻々と弱っていったからね。母は目に涙を浮かべて懇願、そう懇願したんだよ。〝クリストス、お願いだから顔を見せてちょうだい。最後にもう一度だけ、あなたを抱きしめて、さようならを言いたいの〟と。そのとき、僕がどうしたと思う？」彼はまた息を吸って、苦悩にざらつく声で言った。「聞えなかったふりをしたんだ。母の寝室の前を通りかかったとき、母は弱りきっていたのにベッドから起きあがり、両手を差し伸べて呼んだ。だが僕は返事もせずに通り過ぎた。そして二度と母と顔を合わせることはなかった。その夜、母は亡くなった」彼は両手で頭を抱え、全身をわななかせた。

そしてラーナの両腕に優しく抱かれるのを感じた。

「ああ、クリストス」彼女の声は低く悲しげで、どこまでも優しかった。妻に抱かれているとすすり泣きがこみあげてきて、抑えようとしたができなかった。そして彼は母を失望させたことを、自分の犯した過ちを思って泣いた。それから抑えつけてきた悲しみと、二十年間自分をむしばんできた罪悪感のために、妻の腕の中ですすり泣き続けた。

「すまない」クリストスはどうにか言って、涙をぬぐった。生まれて初めてここまで感情をあらわにしたことが恥ずかしくもあり、おかげで心が晴れたのも感じていた。だが、まだ終わりではない。

「謝らないで」ラーナは涙でぬれた彼の頬に手を当てて、目をのぞきこんだ。「どうか、あなたの心を見せてくれたことを謝ったりしないで」

心だって？　ああ、確かに。だが、それは二人の取り決めに反する行為では？「ラーナ……」

「何も言わないで。それが私たちの取り決めに反することはわかっているわ。そして、あなたが望まないことかもしれないと――」

「いや、僕は自分が何を望んでいるか、もうわからないんだ」

「それなら、ただあるがままに任せましょうよ」ラーナは彼の唇にキスをした。

クリストスは妻を抱き寄せた。どうしても彼女が必要だった。そして体を離すと告白を再開した。話し始めた以上、全部打ち明けてしまいたい。

「それだけじゃないんだ。僕は過去に何度も失敗している。母の死後、妹たちの支えになってくれと父に頼まれた。父は悲しみに打ちのめされていたからね。だが僕は妹たちを無視した。つきまとわれると苛立ち、心を閉ざしてできるだけ距離を置いた」

そこでクリストスはいったん言葉を切り、失望や非難が浮かんでいないかと妻の顔を探るように見た。だが何も見当たらない。彼はまた話しだした。

「僕はそういう人間なんだよ。そして妹たちはそんな僕をありのままに受け入れてくれた。ただし三人の目にはいつも失望が浮かんでいた。父も……同じだ。母の死以降、僕と目を合わせようとしない。息子に怒りより失望を感じているんだろう。そのほうが僕にはつらいが。十八歳で大学進学のために家を出たとき、逃げ出せるのがうれしかった。できるだけ帰省しないようにしたよ。だがそのせいで、クリスティーナとソフィアの負担が増してしまった。特に、まだ幼いタリアの問題があった。あの子はなぜか、年上の大きな兄である僕にしがみついた。僕を自分のヒーローと見なしたんだ。ヒーローとはほど遠いこの僕をね」

彼はまたひと息ついて、次の告白に備えた。

「タリアは十五歳のとき、初めて鬱状態に陥った。そそしてビデオ通話で僕に帰ってきてと懇願した。その泣き顔に母の顔が重なって……耐えられなかったんだ。だからクリスティーナにタリアの面倒を見てくれと頼んだ。もうタリアのメールにも電話にも応えなかった。そしてあの夜……あの夜、タリアは手首を切った。何日も予断を許さない状態が続き、幸い生き延びたが、自殺防止のため精神科病棟に三カ月間入院させられた。すべて僕の責任だ。僕の若さは言い訳にできない。当時はすでに三十歳近かったんだから。君に出会うほんの三年前の出来事だよ」

告白を終えて、クリストスは妻の裁きを待った。

「そしてあなたは、以来ずっと罪を償い続けているのね」ラーナの声は穏やかで冷静で、非難の響きはなかった。「あなたのしたことを正当化するつもりはないわ。明らかにひどい過ちですもの。でもいったいいつまで罪を償わなきゃいけないの？　一生自分を許さず、相手の許しも受け入れないつもり？」

「家族は僕を許してはくれないよ」

「それはどうかしら。でもとにかく自分を許さないわけね。だけど過去を蒸し返して自分を叱り続けることになんの意味があるの？　ある時期を過ぎたら後悔は無意味よ。罪悪感で自分を責めさいなむことは、あなたのためにも、あなたのご家族のためにもならない。私たち家族のためにもならないわ」ラーナは彼の手を取って、自分のお腹に当てた。「私たちの赤ちゃんには、罪悪感に打ちひしがれ、また過ちを犯すのが怖くて距離を置こうとする父親は必要ない。いつもそばにいて愛情を注いでくれる父親が必要なの。クリストス、あなたはそういう父親になれるわ。私にはそれがわかっているのよ」

彼は妻を見つめた。その言葉を信じたくてたまらないが、信じるのが怖い。ラーナの助けがあれば過去の過ちは許せるかもしれない。だが将来ラーナと子供を失望させることになったら、絶対に自分を許せない。そして過去の実績から考えて、また過ちを犯すのは時間の問題だという気がする。

「クリストス?」ラーナが優しく促した。

すべてを説明するのは複雑すぎる。彼はただ妻を抱き寄せ、ラーナが彼の首に腕をまわし胸に頬をうずめると、目を閉じて甘美なひとときを満喫した。明日はどうなるか誰にもわからないのだから。

14

「しゃれた服を着せられた猿になった気分だよ」

ジャック・フィリップスはラーナを見た。細身に仕立てたロイヤルブルーのシルクのスーツ姿で、粋に、ハンサムに、そしてとても不服そうに見える。

ラーナは急成長中のお腹(なか)に手を当てた。十一月になり、セントラルパークでは赤や黄色の葉が舞い散って空気はひんやりとすがすがしい。妊娠二十六週目に入った彼女は、ようやく大きく花開き始めたところだ。つわりが収まり、お腹が目立ち始め、人生の次の段階への期待でわくわくしている。

わくわくするのは、お腹の赤ちゃんが成長しているからというよりも、クリストスとの関係が成長したからでしょう。ラーナは自分を茶化した。ベランダで夫の過去と心の内をじっくり聞いた夏の夜以来、二人の関係は強まり深まった。二人とも言葉にはしないが、そこには感情が――愛がある。〝愛〟という言葉を口に出したことはないが、なぜ出さないのかと疑問や不安を抱くのはやめようと思う。〝私には、それは愛に思えますけど〟というミシェルの言葉を思い出して、夫との今の関係に満足したい。

口に出して言わなくても別に問題ではないわ、とラーナは自分に言い聞かせた。二人の愛を私は日々感じている。そしてクリストスも感じている……といいけれど。

とにかく今は、目の前のジャックのことを考えなくては。何しろインタビューのために記者とカメラマンが十五分以内にこの役員室へ来ることになっている。ジャックは完璧に見える……が、完璧ではないとも言える。

それがインタビューでもスピーチでも、ラーナは土壇場で緊張する顧客には慣れていた。そんな顧客を説得し、やる気を起こさせるのも仕事のうちだ。顧客に自信を持たせ、彼女の作りあげたイメージに自分を合わせてもらうのだ。

ところが今、ラーナはその仕事をしたいのかどうかわからなくなった。もしジャックが私の作りあげた粋で魅力的な経営者のイメージに満足できないなら、細身のスーツや練習を重ねた台本にこだわっても無意味なのでは？　この十年間、私にとってはうわべを飾ることがすべてだったけれど、ここ数カ月で飾りははがれつつある。でも気にしていない。

髪は完璧なストレートにセットせず、自然な巻き毛のままだ。メイクも薄くなり、かっちりしたビジネススーツは妊婦に似合わないので、マタニティドレスで間に合わせている。全体として柔らかく親しみやすい雰囲気になり、本当の自分らしくなった気がする。失恋後に自分を変えようと決意して以来、本当の自分を隠してきた。アンソニーはもちろん、世間も本当の私を望んでいないと思ったから。

　でもクリストスは本当の私を望んでいるらしい。もしそれを信じて何も疑問を抱かず、未来を心配せずに今この瞬間を楽しんで生きられたら……。

「ジャック、もしそのスーツが気に入らないなら、あなたの服に着替えたらどうかしら」

　彼は目を丸くして不安げにラーナを見た。「着てきたのは、破れたTシャツと汚れたジーンズだよ」

「知ってるわ」彼女は共犯者めいた笑みを浮かべた。「だから何？　やってくる記者もカメラマンも、洗練された如才ない人物ばかり毎日見せられている。真の自己とかいうのはとんでもない嘘で、すべて注意深く監修されたイメージばかり。あなたは、本当の自分の姿を見せてあげるべきかもしれないわ」

「君が新しい自己像を作ってくれるとアルバートに言われて、ここへ来たんだ。せっかく作ってもらった自己像を今度は捨てろと言うのかい？」

「別に広報の仕事を放棄するつもりはないわ。だけど偽の自分になることになんの意味があるの？」

「自分を守る手段じゃないかな」ジャックが真顔で答えた。「偽の自分でいれば、拒絶されても傷つかない。拒絶されたのは本当の自分ではないからね。本当の自分は誰にも見えない。隠れているんだ」

「そのとおりよ」ラーナはジャックがそれをわかってくれたことに勇気づけられた。そして彼女自身もようやく理解できた。「でも本当の自分を見せずに隠しているなら、あなたはいったい誰なの？」

「広報コンサルタントらしからぬ発言だね」

「ええ、名前を変えたほうがいいかも。〝真の情報を発信する広報コンサルタント〟とか」

「名案だ。では、この拘束衣は脱ぎ捨てようかな」

ジャックは細身のジャケットを脱ぎ始めた。

その日の夕方、家へ帰るタクシーの中でラーナはまだ笑顔だった。ジャックは自分の服に着替え、いかにもオタクっぽく率直にインタビューに応じた。記者はあっけにとられながらも、彼に魅了された。カメラマンはジャックが鼻に鉛筆をのせておどける姿を写真に撮った。それは普通とは違う風変わりな記事になるだろう。そしてジャックが大衆に愛される人気者になることも間違いない。ただし、それは彼女のイメージ戦略のたまものではなかったが。

「なぜご満悦そうににこにこしているんだい?」

家に着くとクリストスにきかれて、ラーナはジャックのインタビューの話をした。「なんだか広報の仕事をやめたくなりそうで怖いわ」

「そしてもっといい仕事に就くわけだ。少なくともしばらくは」夫は彼女のお腹にキスをした。

六週間前に妊娠二十週目の超音波検査を受け、胎児は健康に成長しているとわかった。性別は聞かないことに決めた。〝あとのお楽しみに取っておくほうがいいこともある〟とクリストスが言ったのだ。

「今日の赤ちゃんのご機嫌はいかがかな?」お腹へのキスに続き、彼はラーナの唇にキスをした。

「元気よ。私は少し体が痛いけど。それも赤ちゃんが成長している証拠だわ」

クリストスは心配そうに顔をしかめた。「もしそのほうがよければ、今夜の外出は取りやめようか」

ラーナはやめたかったが、今夜の慈善パーティは夫にとって大切なイベントだ。彼が関心を寄せる技術系の新興企業との契約が大詰めを迎えているのだ。

「いいえ、行きましょう。早く戻ればいいわ」

クリストスは彼女を抱き寄せてまたキスをすると、いたずらっぽく眉を上下させた。「早く戻るのは、いつでも賛成だよ」

クリストスはラーナの支度ができるのを待ちながら、二人を迎えに来たリムジンが縁石に沿って止まるのをバルコニーから見ていた。幸せでうきうきしている。すべてを打ち明けて、彼女がそれを冷静に受け入れ愛を返してくれて以来、いつも幸せだ。

おい、ちょっと待ってくれ。〝愛〟だって？

彼はその言葉が金色の温かな蜂蜜のように心に広がるのを感じた。そう、愛だ。結局、たぶん僕は最初からラーナを愛していたんだ。例のバーで彼女が隣のスツールに座り、ウイスキーのライム割り（スネークバイト）を注文したときからずっと。彼女の振る舞いや気骨に感心した気持ちは、その後強くなる一方だった。

だから進んで契約結婚に同意し、一方浮気は気が進まず、三年後には子作りにも同意した。そして今はラーナがいつも僕の腕の中に、いつまでもそばにいてくれることを何よりも望んでいる。

そう気づいても、驚きはしたが怖くはなかった。愛は僕を強く、よりよい人間に変えたのだろうか。

だがもし彼女を失望させることになったら？

あの告白から三カ月間、二人とも深刻な感情の吐露はしてこなかった。ラーナからいつも怒っているよそよそしい母親と過ごした子供時代の話を少し聞いたが、妻の弱い面を見せられても、ますます愛（いと）おしくなるだけで、逃げたくはならなかった。

だがこの先、肝心なときにも大丈夫だろうか？苦境に陥ったり、状況が不安定になったときにも、彼女を愛し続けられるほど強くいられるだろうか？過去に立派な実績がない分、やはり不安だ。

「お待たせ」

居間から聞えた声に振り返ったクリストスは、妻の姿に息をのんだ。ふわりと広がるデザインのドレスは、エメラルドグリーンのサテン地が腹部のふくらみを覆って流れ落ち、ふくらはぎと足首のあたりで揺れている。髪はゆるめのシニヨンに結いあげ、いく筋かこぼれた巻き毛が顔を縁取っていた。

「このドレスだとドラム缶みたいに見えない？」

ラーナは自信なげに笑い、彼はつかつかと歩み寄って妻を腕に抱いた。「君はギリシアの女神、アテナのように見えるよ。前にもそう思ったんだ」

「アフロディーテじゃなくてアテナ？」

「知恵の女神アテナだ。賢くて強くて少し怖いが、とても美しい」彼は妻にキスをした。つかの間ラーナは抱かれたまま、彼の顎の下に顔をうずめた。

「とても幸せよ」まるで彼がその言葉にどう反応するか不安だというように、ラーナがそっと言った。

ここ数カ月、二人は安易なことだけを楽しんできた。だがバルコニーでの告白以降、互いの心に深く踏みこむことはしていない。その必要がないからか、それとも踏みこむ勇気がないからだろうか？

「僕も幸せだよ」クリストスも静かに応じた。

ラーナがゆっくり身を引いて、大きな澄んだ目で彼を見あげた。「よかった」

二人とも言葉数は少ないが、もっと多くのことを言い交わしたように感じた。妻を失望させるわけにはいかない。この美しい女性を母や妹同様に悲しませるわけにいかない。今度こそ強くならなければ。

そう望むだけで十分だろうか。それができるかどうか、いまだに自信が持てないままなのに。

一時間後、二人は町の最高級ホテルの大宴会場にいた。ラーナに初めて子作りを提案されたのも、このホテルだった。あのときの妻の緊張しつつも決然とした様子を思い出して、クリストスは一人ほほ笑んだ。なんと体外受精などというばかげた案まで提示された！　今となっては笑い話だが。部屋の反対側で、ラーナは誰かとおしゃべりに興じている。お腹には僕の子を宿して。見ていると誇らしさと……そう、愛で胸がはちきれそうになる。彼女を愛している。早くそれを告げなくては。

「クリストス、こんばんは」

彼は低い声のしたほうを振り返って、ぽかんと口を開けた。妹のソフィアが悲しげな笑顔で立っている。「ソフィア、ここで何をしてるんだ?」

「つき合ってる人と一緒に来たの。こういう大きな催しにはあまり来ないんだけど、たまにはね」

「だが今まで一度も……」

「ええ、兄さんと出くわしたことはなかった」

クリストスは後ろめたさで心が痛んだ。ソフィアはもう何年もすぐ近くに住んでいたのだ。ところが僕は一度も会おうとしたことがない。会えば記憶がよみがえり、罪悪感にさいなまれるからだ。

「すまない」思わず言うと、妹は眉を上げた。

「なぜ謝るの?」

クリストスはため息をついた。「過去のすべてを申し訳なく思っているからさ。あのとき、そばにいてやれなかったこと。何もかもだ。帰らなかったこと。あれ以来、ずっと帰らなかったこと。何もかもだ。帰らないほうが気が楽だったし、そのほうが家族のためだと自分を納得させていた。だが、それは間違いだったかもしれない」ここまで正直に話すのは初めてだと彼は気づいた。

「私たちはいつも兄さんにそばにいてほしかった」

「わかってる」そう、本当はわかっていた。帰らないのは家族のためと自分に信じこませたが、実はただ自分にとって楽だからだとわかっていた。もっとも、帰らなくてもやはりつらかったが。「みんなの、僕に失望した顔を見たくなかったんだ。父さんは……いまだに僕を見ようともしないし」

ソフィアの顔を驚きがよぎった。「兄さんこそ、お父さんと目を合わせようとしないじゃない。お父さんは兄さんを少しも非難していないのに」

「いいや、してるとも。して当然だ。僕は母さんにさようならを言わなかった。頼まれたのに、君たち妹の面倒を見なかった」

「兄さんはまだ十六歳だったのよ。お父さんは私たちの世話まで押しつけるべきじゃなかった。本人もそれは自覚しているわ。お父さんと話してみて。私たち全員と、きちんと話をしてちょうだい」

「だがタリアは……」一番失望させた妹の名前を口に出しただけで、涙で目がかすんだ。

「タリアはいつも問題を抱えていた。あの子にせがまれても帰らなかったことで、兄さんが自分をひどく責めているのは知ってるわ。でもね、タリアにとって人生はいつも難しかったの。あの子は困難に立ち向かえるほど強くないのよ」

「それでも、あのとき僕が帰っていれば――」

「それでも、同じだったかもしれない。いずれにしろ、もう忘れるべきよ。過去ではなく未来に目を向けなきゃ」

「ラーナにも似たようなことを言われたよ」

「お義姉さんはいい人だわ。それに、こんな兄さんを引き受ける強さがある」

「参ったな」彼は心から笑った。そしてようやく普通のきょうだいらしく妹と温かな笑みを交わした。これからは家族とこんな関係を持てるかもしれない。

そのとき、人込みにざわめきが広がった。「この中にドクターはいませんか？」誰かが叫んだ。救急車を呼べと叫ぶ声も聞こえる。

「何かあったのかしら？」ソフィアが言ったが、クリストスは本能的に悟った。心臓が高鳴り、彼は人込みをかき分けて妻のもとへ向かった。そして悲惨な光景に凍りついた。

ラーナは床に倒れ、エメラルドグリーンのドレスは血にまみれていた。

15

すべてがぼやけていた。明かりも人々の顔も心配そうな声も。ラーナが感じるのは腹部と腰を締めつける耐えがたい痛みだけだ。あまりの痛さに何一つまともに考えられなかった。

今夜はずっと腹部に痛みがあったが、無視しようと決めていた。この引っぱられるような痛みは赤ちゃんが成長している証拠。自然な現象だと産科医に言われた。三週間前に検査を受け、万事順調と診断されたばかりだ。今も順調に決まっている。そう自分に言い聞かせて我慢していた。

だが痛みはひどくなる一方で、無視するのが難しくなってきた。そして誰かとの会話の最中に、体から不意に何かがほとばしり出るのを感じた。と同時に腹部に鋭い痛みが走り、思わず体を折り曲げた。

周囲の人々の叫ぶ声が聞こえる中、ラーナは床にくずおれた。脚の間から液体が流れて出て、ドレスにしみこんでいく。手を当ててみると、手のひらが真っ赤な血に染まった。

ラーナは悲鳴をあげた。そこへ医師が現れ、ストレッチャーに乗せられた。彼女を取り囲む大勢の顔がぼんやり見える。でも知った顔がいない。

クリストスの顔が見えない。

そして彼女は救急車へ運ばれる途中で気づいた。夫はこの状況が嫌でたまらないだろうと。これほど悲惨で危険な状況にある誰かにずっとつき添い、感情面で支えになることは、彼にとって人生最悪の悪夢だ。彼がいつも恐れ、避けてきた状況だ……これまでは。今こそ、愛が試されるときなのだ。

クリストスはなぜ私のそばにいないの？　なぜ私

と私たちの赤ちゃんの支えになってくれないの？

　集まった人々の中に彼の顔は見えない。ラーナは一人で救急車に乗せられ、車内で意識を失った。手術室で意識を取り戻すと、外科医が彼女の顔をのぞきこんでいた
「ミズ・ラーナ・スミス？」

「はい……」

「胎盤早期剥離で赤ちゃんが危険な状態です。緊急帝王切開をする必要がある。手術に同意していただけますか？」

　ラーナはまばたきをして医師を見あげた。頭がぼうっとして彼の言うことが十分理解できない。「でも……まだ妊娠二十六週目で……」

「赤ちゃんを救う方法はこれしかありません」外科医は容赦なくきっぱりと言った。ラーナは彼の手をつかもうとしたが、手に力が入らなかった。

「夫は、クリストス・ディアコスはどこです？」物悲しくか細い声で、彼女は必死に尋ねた。

　外科医はかぶりを振った。「あいにく、ご主人の居場所はわかりません」ラーナの喉から押し殺した声がもれると、彼は続けた。「同意していただけますか？」

「は……はい」

　その先は何も覚えていない。

　次に目覚めたとき、ラーナはどれくらいの時間が経ったのかわからなかった。ぼんやりと明かりが見え、音が聞こえた。まばたきして目の焦点を合わせようとしたができない。赤ちゃんのふくらみに触れて安心したいが手を動かす力すらない。一瞬恐怖に襲われたが、幸いにもまた意識を失った。

　再び目覚めたときには、以前より世界がくっきりと見えた。そこはすべてが白く殺風景な病室だった。そして彼女は一人きりだ。横にはさまざまなモニタ

ーや機器が並び、静寂の中に規則的な電子音だけが聞こえる。クリストスを捜してあたりを見まわしたが、彼の姿はどこにもない。涙がこみあげてきた。

ラーナは夫を呼ぼうと口を開けたが、唇は渇いてひび割れ、声は出てこなかった。赤ちゃんはどうなったの？　超人的な努力でお腹に向かって手を伸ばすと……そこにふくらみはなかった。手に触れるのは、からっぽのへこんだ腹部だ。悲しくて恐ろしくて、彼女はうめき声をもらした。

私の赤ちゃんはどこに行ったの？

クリストスはどこにいるの？

赤ん坊も夫もいない明るく無機質な部屋に一人横たわっていると、これ以上ないほどの孤独を感じた。

こうなるから人を愛してはいけなかったのよ。愛した人はあなたを捨てて去っていくから。あなたを失望させ、深く傷つけるから。

そしてクリストスはこうなることを、傷つける側になることをずっと恐れていたのよ。

次にラーナが目を覚ましたときには、看護師がベッド脇で忙しく動きまわっていた。そしてラーナの気配に気づいたらしく、振り返って彼女を見た。

「あら、お目覚めですか！　よかったわ。では、お水を飲みましょうね」看護師はにっこり笑ってラーナが頭を持ちあげるのを手伝い、ストローで水を飲ませてくれた。

ひんやりした液体が乾いた唇を潤し、喉を滑り落ちていく。ラーナはたちまちほっとして低くうめき、また枕に頭を沈めた。「私の……赤ちゃんはどこ？」

彼女はしゃがれ声で尋ねた。

「大丈夫ですよ。新生児集中治療室にいます。何しろとても早産だったから。まだたった千百グラムしかないの。でもお嬢さんは戦士よ。きっと大丈夫だとドクターたちが太鼓判を押しているわ」

安堵（あんど）と悲しみの両方がこみあげて、ラーナは目を閉じた。千百グラム！　人間の形をした小さすぎるかけらだ。でもとても大切な小さな女の子よ。

「あなたがもう少し回復したら、誰かがＮＩＣＵへ連れていってくれますよ。でも一週間以上深刻な状態が続いたから。大量出血で一時は……」看護師はかぶりを振り、ラーナはぞっとした。

私は死にかけたの？　クリストスは心配と恐怖でさぞ動転したでしょうね。

あるいは、そうではなかったのかもしれない。私を置いて、平然と立ち去ったのかも。

そんなことは信じたくない。信じられない。とはいえ、厳しい現実が目の前にある。実際、彼はここにいないのだ。

「主人を……」声がかすれ、ラーナはつばをのみこんだ。「主人を見かけました？」

看護師は額にしわを寄せ、困惑した表情でラーナを見た。「ご主人を？　どんな方かしら？」

「背が高くて、髪が黒くて、目は緑色で……」

世界一ハンサムな男性よ。

「いいえ、残念ながら見てないと思いますけど。だからといって、ここにいないことにはならないわ。私のシフトは週に二、三回ですからね」

そしてその間に一度も彼を見ていないの？　だったら、妻のベッド脇にじっと座り続ける律儀な夫はいないことになる。ラーナの頬を涙が静かに流れ落ちた。クリストスは一度も姿を見せていないに違いない。自分の家族を見捨てたように、私も、私たちの娘も見捨てたの？　私がまだ赤ん坊だったころに父は出ていき、かつて愛していると信じていた男性は振り返りもせずに去っていった。

クリストスも同じこと。私もちっとも変わっていない。私は常に取り残される人間で、クリストスは常に去っていく人間なんだわ。

「きっとどこかその辺にいらっしゃいますよ」看護師はラーナの手を優しくたたいた。「たぶん……お嬢さんのところかも。そうだわ、あちこちできいてみましょう」

ラーナは笑いともすすり泣きともつかない声をあげた。「どうぞおかまいなく。夫には会いたくないので」動かしがたい事実を見たくない。彼女は目を閉じたが、事実は耳の中で鳴り響いていた。クリストスは去っていったのだ。

「奥さんはあなたに会いたくないとのことです」

看護師の厳しい表情を信じられない思いで見つめて、クリストスは一瞬怒りを覚えた。だが怒りはすぐ恐怖に代わった。「な、なんだって?」

「申し訳ありません。でも奥さんがはっきりとそうおっしゃったんです」

腹が立ち心が傷ついたものの、考えてみれば驚くことではない。妻は僕に失望したのだ。あの夜、大宴会場で床に倒れたラーナを見たとき、心の扉がぴしゃりと閉まった。過去の恐ろしい記憶がよみがえり、かつて母と妹を失望させたように今回も妻を失望させると思うと、体が凍りついて動けなかった。

彼がただそこに立ち尽くしている間に、ラーナはストレッチャーに乗せられ、運び出されていった。それからソフィアが彼の肩をつかんで言った。

「大丈夫よ。さあ、早く救急車のところへ」

彼は呆然(ぼうぜん)と妹を見た。それから、まるでアドレナリン注射を打たれたかのように急に覚醒した。ラーナにつき添わなければ。これ以上彼女を失望させるわけにはいかない。ところがホテルの外に出ると、救急車はすでに出発したあとだった。

ストレッチャーに乗せられ、不安と恐怖の中で周囲を見まわし、そこに僕の顔がなかったとき、彼女はどう思っただろう?

そんな決定的瞬間に、そばにいられなかったことが嫌でたまらなかった。だが今はもっと先に目を向けなければ。二人の結婚を、僕たちの子供を守るために。クリストスはそう決心した。ところがソフィアと一緒に病院に着くと、ラーナが搬送されたのは別の病院で、そこで緊急帝王切開手術中だと知らされた。彼はただ手術が終わるのを待つしかなかった。

それから女の子が生まれたと連絡を受けた。とても小さな赤ん坊は生きようと闘っていた。そしてラーナもまた、自分の命のために闘っていた。手術室から出てきた外科医は、疲れ果て、クリストスと同じく希望を失っているように見えた。

「胎盤早期剥離でした。大変まれな合併症ですが、発症するときはいつも突然で、非常に危険です」

クリストスは体から力が抜けて今にも倒れそうに感じたが、隣に立つソフィアが心強い支えになってくれた。「き、危険というと？」

「ミスター・ディアコス、奥さんは大量に、本当に大量に出血しました。今は輸血を受けているところです。しかし奥さんほどの大量出血の場合、それは不安材料となる。深刻な不安です」

「つまり、妻の命が危ないということですか？」

「そのとおりです」外科医は重々しくうなずいた。

クリストスはとたんに感情をむき出しにした。「妻に会わせてください。今すぐ会わなくては」

「残念ながら、今は無理です。体調が安定すればお会いになれますが、それまでは……」

「今すぐ会う必要があるんだ」クリストスは両手のこぶしを握りしめ、声を上ずらせた。「わからないでしょうが、これには――」

「ミスター・ディアコス、よくわかりますとも」医師は疲れた口調で言い返した。「しかし輸血が完了して、奥さんの体が新しい血を受け入れたことを確認する前に誰かと面会させれば、彼女の命を危険にさらしかねない。大丈夫な状態になりしだい、会えますから。お約束します」

大丈夫になるまでに十八時間かかった。ソフィアには、いったん帰宅するよう強く勧めた。妹は、また翌朝必ず来ると言って帰っていった。かつて僕は、妹が支えを必要としたとき、そばにいてやらなかったというのに。クリストスは心苦しくも深く感謝した。そしてその果てしない十八時間、一睡もせず、何も食べず、ただうろたえて祈り続けた。それから娘に会いに行った。とても小さいながらも、ピンク色の肌をした完璧な女の子だった。保育器のガラス越しに眺めただけで胸が締めつけられた。僕はこの世で最も愛する二人の人間を失いかけたのだ。これからは何があっても二人のそばにいて支えよう。必ずそうできると初めて確信が持てた。

ついにラーナと会うことを許されたときには、妻は意識を失ったままだった。美しい顔は蒼白で、体はぴくりとも動かない。クリストスは彼女の手を取り、話しかけた。自分の声は聞こえないとわかっていたが、それでも笑わせようとした。

「ラーナ？　例のバーで君が初めて隣に座ったあのとき、僕はもう君にほれていたんだ」鼻で笑う妻の声が聞こえた気がして、彼は本当に会話を交わすように話し続けた。「いや、まじめな話だよ。もちろん、あのときは気づかなかった。僕はそんな甘ったるい男じゃない。だが君の強さと気骨にほれたんだ。と同時に、表面下に垣間見えるもろさにも惹かれた。ただし誰かにそれを指摘されたら、とっとと逃げ出しただろう。君は僕のそんな面を見抜いていた。僕が過去を打ち明ける前からね。だが僕は変わったんだ」彼は声を詰まらせ、妻の手をなでて涙をこらえた。「もう逃げない。二度と逃げないよ」

また別の機会には、娘の話をした。

「あの子は見たこともないほど美しい赤ん坊だ。小さいが勇ましい。ありがたいことに、君の気骨を受け継いでいる。この子は戦士だと、医師も看護師も口をそろえて言う。僕たちの娘は生きるために闘っているよ。だから君も闘うんだ、ラーナ」高まる感情に圧倒されて彼はまた声を詰まらせ、今度は自分の顔をなでた。「どうか闘ってくれ。僕たちの娘のために。そして僕のために。君を愛している。もっと早く言うべきだった。ずっと前からそう思っていたんだから。とにかく愛している。愛しているんだ」

　ラーナの目を開けさせようと、耳に自分の声を届けようと、クリストスは全身全霊を注いだ。だが妻はこんこんと眠り続けた。そんなとき娘が熱を出した。愛する二人を失うのではと恐れつつ、彼は二つのベッドを行き来して過ごし、ソフィアが近所のカフェから食事やコーヒーを届けてくれた。

　そしてようやく娘が当面の危機を脱し、ラーナのもとへ戻ったとき、厳しい表情の看護師から妻は彼に会いたがっていないと言われたのだ。

　一瞬、クリストスはその言葉を理解できなかった。ラーナがついに目を覚まして話せるようになったと聞いて喜んだばかりなのに、この看護師はいったい何を言ってるんだ？

　だが考えてみれば、驚くことではないのでは？

「きっと何かの間違いだ。妻は僕に会いたがるはずだよ」彼は平静な口調を心がけたが、内心は大声で怒鳴ってラーナの病室へ押し入りたい気分だった。同時に、罪悪感と悲嘆で泣きたい気分でもあった。

「いいえ、奥さんは会いたくないそうです」

「頼む。どうか聞いてくれ。この一週間、妻は、そして僕たちの娘も、命の危機にさらされていた。彼女が何を言おうと……まだ混乱していて事態を把握しきれていないのかもしれない」

　つかの間、看護師は表情を和らげた。「確かに、ご主人はどこかと奥さんにきかれました。いないとわかってがっかりされたようです」

クリストスは心臓にナイフを突き立てられたかのようによろめいた。僕は彼女を失望させたのだ。どうやって埋め合わせをすればいいだろう？「頼むから妻に会わせてくれ」彼は静かに懇願し、幸いにも看護師はやっとうなずいた。

数秒後、クリストスは病室のドアを開け、ベッドの上で身を起こしている妻の姿に息をのんだ。まだ顔色が悪く、目を閉じている。彼がドアを閉めるとその目が開き、澄んだブルーの瞳が夫の姿を認めて一瞬きらめいた。それから驚いたことにラーナは泣きだし、彼の胸は申し訳なさでいっぱいになった。

こんなふうに泣く妻を初めて見た。大きすぎる感情をこらえきれないというように肩を震わせ、涙と苦しみを隠すように両手で顔を覆っている。

「ああ、ラーナ。愛しいラーナ」

彼は妻を優しく抱き寄せて、髪と手と涙でぬれた頬にキスをした。その間、自分では気づかずに同じ言葉を繰り返していた。やがてラーナが泣きながら尋ねた。「本気で言っているの？」

そこで初めて〝愛している〟と言い続けていたことに気づいた。「本気だとも。君を愛している。この一週間、君のせいで人生最悪の恐怖を味わったが、でも愛している。世界中の何よりも。僕たちの娘は別だが。あの子は何よりもすばらしい宝物だ」

「あの子は元気？」ラーナは泣きながらも笑った。

「すぐ元気になる」彼はきっぱり答えた。「あの子は君の気骨を受け継いでいる。君の青い目もね」

「クリストス、赤ん坊の目は青いものなのよ」妻は再び笑ったが、まだ涙ぐんでいる。

彼の胸は痛んだ。僕のせいだ。彼女を傷つけたくなかったのに。

「あなたが……消えたと思った。私を捨てて出ていって、二度と戻らないと」ラーナは静かに言った。

「まさか。ありえないよ」彼は妻の顔を両手で挟み、目と目を合わせた。自分の気持ちの強さを、確かさをわかってもらいたい。「ホテルで君が倒れたとき、すぐ駆けつけなかったことは謝る。急いで追ったが、救急車はすでに出発したあとだった。実は」洗いざらい正直に話すべきだ。彼は低い声で続けた。「一瞬、凍りついてしまったんだ。母とのこと、タリアとのこと、過去のすべてが押し寄せてきて動けなくなった。ほんの一瞬だが」しかしその一瞬が長すぎたのだ。「ラーナ、すまなかった」彼はささやいた。

「ああ、クリストス――」

「急いで病院に行ったが、君が搬送されたのは別の病院で、そこでもう手術中だとわかった。だが手術後は、ずっとベッド脇に座っていた。本当なんだ。信じてくれ」彼は妻の手を握りしめた。「君を失望させた。それはわかってる。そのことは謝る。だが二度と失望させないと誓うよ」

「看護師さんから、あなたを見かけたことはないと聞いたの。目が覚めたとき、あなたはいなかったし」ラーナはつぶやいた。

「すまない。だがそのときは――」

「あなたのせいじゃないわ」ラーナは彼の手を強く握り返した。「ただ……一瞬、過去の恐怖が、心の奥に閉じこめて、自分にも他人にも認めまいとしてきた不安がよみがえったの。母のこと、父のこと、そして愛したと信じこんでいた男性のことを考えたら、あなたが去っていくのは当然に思えた。だって大切な人はみんな去っていくんですもの」

「ああ、ラーナ」こんな話は聞くのがつらすぎる。だが彼女は話す必要があるのだとわかっている。

「もっと早く正直にあなたに打ち明けるべきだった。この……心細い気持ちを。だけどあなたの姿が見えなくなるまで、自分の不安の深刻さに気づいていなかったの。それでも、あなたを信頼すべきだった。あなたはそばにいて支えてくれると信じるべきだった。ただ、ほんの一瞬――」

「わかってる。君の気持ちはよく理解できる。たとえ一瞬でも不安にさせてすまなかった」

「そんなこと、もうどうでもいいわ。今、あなたはここにいるんですもの。たとえ一瞬でも疑ったりしてごめんなさい」ラーナは涙目でほほ笑んだ。

「僕のほうこそ、君が疑う原因を作って悪かった」

「あなたは何も悪くないわ。悪いのは私。すべては私の不安感と弱い心のせいだったの」

「だが、それでも――」

「もう過去を振り返るのはやめましょう。未来のことだけ考えるの。私たちが一緒に過ごす未来よ」

彼は力強くうなずいた。「いつも一緒に、だ」

ラーナは真顔になって続けた。「もっと早く言うべきだった言葉がもう一つあるの。あなたを愛してる。ものすごく愛してるわ。愛したくなくて、この気持ちにあらがったけど、やはりこうなってしまった」彼女は最後の涙をぬぐうと笑った。そしてクリストスはまた妻を抱き寄せた。

「うれしいよ。本当にとてもうれしいよ」

ラーナは背を反らし、いたずらっぽい笑顔で彼を見あげると問いかけるように眉を上げた。「私たちの結婚に関する三つの要点は？」

彼はにっこり笑ってから、顔をしかめて考えるふりをした。「要点その一。君を愛している」

「要点その二。あなたを愛している」妻が続けた。

「要点その三。僕たちは娘を愛している」

ラーナは満足そうにほほ笑み、ゆっくりうなずいた。「その答え、気に入ったわ」

「僕も気に入ったよ」彼はまた妻にキスをして胸に抱き寄せた。そしてラーナはその胸に顔をうずめた。

エピローグ

三年後

「見て、ママ。見て！」
「見てるわ、ダーリン。見てるわよ」ラーナは笑いながら答えた。娘のカリス・マリーナがブロンドの巻き毛をなびかせて丘を駆けおりてくる。ギリシア語で恵みを意味するカリスは娘にぴったりの名前だ。クリストスの母の名にちなんだマリーナは、母をいつまでも忘れないようにとつけられた。

　カリスが生まれてから最初の数カ月は大変だった。ずっと入院したままの娘に愛を伝えたくて、ラーナは毎日病院へ通い、娘を抱いてスポイトでミルクを飲ませた。クリストスも夜にはやってきた。二度の高熱、肺炎、重度の黄疸をなんとか乗り越え、カリスは四カ月半で退院したが、体重はまだ千八百グラムしかなかった。

　その後は徐々に成長して体力もついた。同年齢の子より明らかに小柄だが、小児科医からはそれで正常だと言われた。ラーナと同じブロンドの巻き毛と、クリストスの予想どおりのラーナそっくりな青い目を持つカリスは、夫婦二人にとって小さな妖精だ。

　そしてカリスはクリストスの家族を一つにまとめた。この小さな新しい命は家族に新しい人生をもたらしたのだ。今やクリストスは娘を連れて頻繁に実家を訪れている。タリアは相変わらず少し繊細だが、小さな姪っ子をとてもかわいがる。クリスティーナは自分のベーカリーから持ってきたおやつをこっそり姪に与える。ソフィアは、自分の家に近いラーナたちのマンハッタンの家をしょっちゅう訪れるし、現在ラーナ一家が滞在中のこの家にもよくやってくる。一家は週末と夏休みを過ごすために高級避暑地ハンプトンズに別荘を買ったのだ。ラーナはここで娘と野原を走ったり、海岸で貝殻を拾ったりしている。パンやクッキー作りという新たな分野にも挑戦中だ。カリスはいつも焼く前の生地に指を突っこむ。〝だっておいしいんだもん、ママ〟と言われると、ラーナはつい頬をゆるめずにいられない。

　彼女は母親業が思いのほか気に入った。早期閉経のためもう妊娠は無理だが、養子を迎えることをクリストスと話し合っている。すでに先週、社会福祉士と最初の面談をすませた。これまでにあらゆる修羅場を経験し、乗り越えてきた二人は、どんな事態にも対処できる気がしている。

　とにかく二人でここまで来たのだから。

「おっと危ない！」丘を駆けおりるカリスをクリストスは軽々と片手ですくいあげた。きゃっきゃっとはしゃぐ娘を肩車して、夫が近づいてくる。ラーナは野原に敷いたピクニックシートに寝そべっていた。美しい夏の日。空はコマドリの卵のような鮮やかなブルー。降り注ぐ陽光はレモン色で暖かい。まさに神の恵みを思わせる一日。二人の人生そのものだ。

「さあ、下りるぞ」クリストスがカリスをシートに下ろすと、カリスはいきなりラーナの腕の中へ飛びこみ、ラーナは驚きの声をあげて娘を抱き寄せた。

　抱いた娘の金色の巻き毛越しに夫を見あげ、彼女は心の中で唱えた。

　〝恵まれて、幸せで、感謝でいっぱい〟

　それが私たち家族に関する三つの要点だ。

　ラーナは笑みを浮かべて娘を自分と夫の間に座らせ、身を乗り出して夫にキスをした。クリストスが笑みを返してくれたのでわかった。彼も同じ三つの要点を考えているのだと。

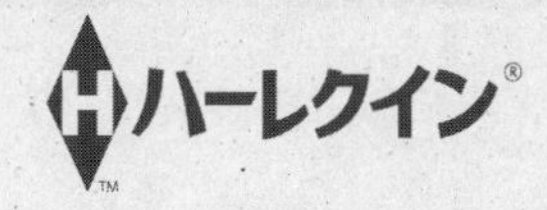

ケイト・ヒューイット

アメリカ・ペンシルバニア州で育つ。大学で演劇を学び、劇場での仕事に就こうと移ったニューヨークで兄の幼なじみと出会い結婚した。その後、イギリスに渡り6年間を過ごす。雑誌に短編を書いたのがきっかけで執筆を始め、長編や連載小説も手がけている。読書、旅行、編みものが趣味。

ギリシア富豪と契約妻の約束

2024年4月20日発行

著　　者　ケイト・ヒューイット
訳　　者　堺谷ますみ(さかいや　ますみ)

発 行 人　鈴木幸辰
発 行 所　株式会社ハーパーコリンズ・ジャパン
東京都千代田区大手町 1-5-1
電話 04-2951-2000(注文)
0570-008091(読者ｻｰﾋﾞｽ係)

印刷・製本　大日本印刷株式会社
東京都新宿区市谷加賀町 1-1-1

表紙写真　© Syda Productions | Dreamstime.com

ISBN978-4-596-53853-6 C0297

◆◆◆◆ ハーレクイン・シリーズ 4月20日刊 発売中

ハーレクイン・ロマンス

愛の激しさを知る

傲慢富豪の父親修行	ジュリア・ジェイムズ／悠木美桜 訳	R-3865
五日間で宿った永遠 《純潔のシンデレラ》	アニー・ウエスト／上田なつき 訳	R-3866
君を取り戻すまで 《伝説の名作選》	ジャクリーン・バード／三好陽子 訳	R-3867
ギリシア海運王の隠された双子 《伝説の名作選》	ペニー・ジョーダン／柿原日出子 訳	R-3868

ハーレクイン・イマージュ

ピュアな思いに満たされる

瞳の中の切望 《至福の名作選》	ジェニファー・テイラー／山本瑠美子 訳	I-2799
ギリシア富豪と契約妻の約束	ケイト・ヒューイット／堺谷ますみ 訳	I-2800

ハーレクイン・マスターピース

世界に愛された作家たち
～永久不滅の銘作コレクション～

いくたびも夢の途中で 《ベティ・ニールズ・コレクション》	ベティ・ニールズ／細郷妙子 訳	MP-92

ハーレクイン・プレゼンツ作家シリーズ別冊

魅惑のテーマが光る
極上セレクション

熱い闇	リンダ・ハワード／上村悦子 訳	PB-383

ハーレクイン・スペシャル・アンソロジー

小さな愛のドラマを花束にして…

甘く、切なく、じれったく 《スター作家傑作選》	ダイアナ・パーマー 他／松村和紀子 訳	HPA-57

文庫サイズ作品のご案内

◆ハーレクイン文庫・・・・・・・・・・・・・・毎月1日刊行
◆ハーレクインSP文庫・・・・・・・・・・・毎月15日刊行
◆mirabooks・・・・・・・・・・・・・・・・・毎月15日刊行

※文庫コーナーでお求めください。

4月26日発売

ハーレクイン・シリーズ 5月5日刊

ハーレクイン・ロマンス

愛の激しさを知る

独りぼっちで授かった奇跡	ダニー・コリンズ／久保奈緒実 訳	R-3869
億万長者は天使にひれ伏す《純潔のシンデレラ》	リン・グレアム／八坂よしみ 訳	R-3870
霧氷《伝説の名作選》	ベティ・ニールズ／大沢　晶 訳	R-3871
ギリシアに囚われた花嫁《伝説の名作選》	ナタリー・リバース／加藤由紀 訳	R-3872

ハーレクイン・イマージュ

ピュアな思いに満たされる

生まれくる天使のために	タラ・T・クイン／小長光弘美 訳	I-2801
けなげな恋心《至福の名作選》	サラ・モーガン／森　香夏子 訳	I-2802

ハーレクイン・マスターピース

世界に愛された作家たち
～永久不滅の銘作コレクション～

情熱は罪《特選ペニー・ジョーダン》	ペニー・ジョーダン／霜月　桂 訳	MP-93

ハーレクイン・ヒストリカル・スペシャル

華やかなりし時代へ誘う

路地裏をさまよった伯爵夫人	アニー・バロウズ／琴葉かいら 訳	PHS-326
ふたりのアンと秘密の恋	シルヴィア・アンドルー／深山ちひろ 訳	PHS-327

ハーレクイン・プレゼンツ作家シリーズ別冊

魅惑のテーマが光る
極上セレクション

秘密の妻	リン・グレアム／有光美穂子 訳	PB-384

※予告なく発売日・刊行タイトルが変更になる場合がございます。ご了承ください。

今月のハーレクイン文庫

4月刊 好評発売中！

Harlequin 45th Anniversary

帯は1年間"決め台詞"！

珠玉の名作本棚

「愛にほころぶ花」
シャロン・サラ

癒やしの作家S・サラの豪華短編集！　秘密の息子がつなぐ、8年越しの再会シークレットベビー物語と、奥手なヒロインと女性にもてる実業家ヒーローがすれ違う恋物語！

（初版：W-13,PS-49）

「天使を抱いた夜」
ジェニー・ルーカス

幼い妹のため、巨万の富と引き換えに不埒なシークの甥に嫁ぐ覚悟を決めたタムシン。しかし冷酷だが美しいスペイン大富豪マルコスに誘拐され、彼と偽装結婚するはめに！

（初版：R-2407）

「少しだけ回り道」
ベティ・ニールズ

病身の父を世話しに実家へ戻った看護師ユージェニー。偶然出会ったオランダ人医師アデリクに片思いするが、後日、彼専属の看護師になってほしいと言われて、驚く。

（初版：R-1267）

「世継ぎを宿した身分違いの花嫁」
サラ・モーガン

大公カスペルに給仕することになったウエイトレスのホリー。彼に誘惑され純潔を捧げた直後、冷たくされた。やがて世継ぎを宿したとわかると、大公は愛なき結婚を強いて…。

（初版：R-2430）